CONSERVATOR
遺骨
コンサバター
V

contents

プロローグ

音が消えた。

暗闇のなかで影が揺れている。

それが天蓋付きベッドの白いカーテンだと気がつくのに、やや時間がかかった。暖炉の炎をつけたまま、眠りに落ちていたようだ。

私はベッドから起き上がり、すぐさまチョークをとって紙に描写する。

右手はもう数年前から動かないが、描くことをやめるつもりはない。手のひらほどの小さなファブリアーノの手帳に、黒いチョークで一心に線を重ねる。仕上げのために、ペンやインクを使用することもあった。

作業台には、水を張った桶が置いてある。この実験は何百回くり返したかわからない。水差しから流れこむ渦の形を、瞬きもせずに観察するのだ。飛沫《しぶき》の方向、水流の凹凸。執拗に実験をくり返す私に、使用人たちは怪訝《けげん》な目を向けてくる。

追い求めているのは、さっきまで夢で見ていた世界だった。

かつて故郷で目撃した、終末のような光景――。

昼夜降りつづいた雨、雨、雨。

氾濫した川の支流が、つぎつぎに家屋や森をなぎ倒す。人々は山へと逃げまどうが、あちこちで土砂崩れが起こる。助けを呼ぶ声。誰かの名前を叫ぶ声。見上げると、壁のような暗雲が地上を圧《お》し潰そうとしていた。

私はそのとき生まれてはじめて、神の存在を感じた。

神なんていないと、すでに勘づいていた。だから教会で聖職者から「救いの箱舟」のことを聞かされても、一度も真に受けたことはなかった。しかし、あの〝大洪水〟が起こったとき、神は存在するのだと確信した。

神はわれわれを救う存在ではない。

世界の法則そのものなのだ。

自然現象や人間を含むすべての生命をつかさどる原理こそが、神なのだ。

以来、私は自分だけの信仰を守りながら、あらゆる手段で神との接触を試みてきた。しかし今、老年になって、自然の真理に触れるのは無意味だ、という結論に達しつつある。神の前では、人間など、いかに小さく劣った存在であるか。

一度、猛威に捕らえられれば、死以外の道はない。

私を訪ねてくるどんな高貴な客も、この広大な敷地に守られた静かな城にかくまってくれる王も、世話をしてくれる弟子でさえも、誰もそのことを、私が苦悩する真の理由を、本当の意味で理解してはいない。

その証拠に、最近私が何枚も描きためている、この一連の絵を見ても、皆ただ恐怖や困惑の色を示すだけだった。

CONSERVATOR

第一章

指紋

《荒野の聖ヒエロニムス》

「レオナルド・ダ・ヴィンチ？」

晴香《はるか》がそう呟《つぶや》いてふり返ると、スギモトは《モナリザ》に視線を向けたまま、静かに「ああ」と肯《うなず》いた。

「そのために、俺はここルーヴル美術館に来たようなものだ」

ここはルーヴル美術館のなかでももっとも混雑する展示室だが、今はドラクロワの大回顧展の内覧会が階下で行なわれているため二人しかいない。二人は《モナリザ》をはじめとするイタリア・ルネサンスの名画からの視線を、一身に集めていた。

晴香はヨーロッパを拠点に置く日本人の修復士《コンサバター》である。

ほんの二ヵ月前、相棒のスギモトに呼びよせられ、パリに到着した。それから思いがけず、ルーヴル美術館の所蔵作品などの修復に関わったが、すべてはダ・ヴィンチに向けての予行演習だったということか。

「ちゃんと説明してください。ダ・ヴィンチの、なにをするつもりなんです？」

混乱しつつ訊《たず》ねるが、スギモトは落ち着けとでも言うように手のひらを見せる。

「俺もこれから詳しい話を聞くんだ。館長のルイーズからは、それを匂わせることを言われているだけだ。でも、あのダ・ヴィンチに関われるんなら、君にとっても悪い話じゃないだろう？　興味をそそられないか」

「それは……わかりません」

スギモトは修復士として右に出る者のない天才的実力を備え、大英博物館のシニア・コンサバターを最年少で務めた輝かしいキャリアを持つ。だが、己の好奇心に従って直感的に動いてしまうきらいがある。その直感が功を奏することもあれば、厄介な事件に巻き込まれることもあった。

本当に大丈夫だろうか、と晴香は毎度のごとく不安になる。

とはいえ、ルーヴル美術館には《モナリザ》をはじめ、ダ・ヴィンチの絵画が五点も所蔵されている。

ダ・ヴィンチは生涯で十六点余りしか絵画を残していないので、約三分の一が集結していることになり、これは世界に類を見ない。だから詳細がわからなくとも、わざわざパリに来て館長に言われるがまま仕事をこなしていた、スギモトの気持ちも理解できないわけではなかった。

しかし晴香は直前まで、もうロンドンに帰ろうと決心していた。いつ切りだそうかとタイミングを見計らっていたのに、今になってそんな重大な秘密を明かしてくるなんて。いやはや、彼らしいといえば彼らしいけれど。

「もっと早く教えてくれたらよかったのに」

ひとまず嫌味を言うだけにとどめておく。

「過ぎたことをつべこべ言うのはよくないね」

「というか、私のことをどう思ってるんですか？　都合よく考えすぎでは？」

冗談っぽく言ったつもりなのに、スギモトは笑わなかった。

「そんな言い方するなよ」

「えっ？」

スギモトは傷ついたような表情をしている。

気まずい沈黙を断ち切るように、女性の声がした。

「お取り込み中、失礼」

声の方を向くと、《モナリザ》の裏側にある出入口から、ルーヴル美術館の館長であるルイーズが、一人の男性を連れて現れた。

世界的美術館の館長という座に上り詰めたルイーズは、四十代の女性でありながら、年齢不詳なエネルギーを放っている。この日階下で開催されているパーティのためにドレスアップをした姿は、彼女のつややかなブロンドや青い目を引きたてていた。

一方、となりに立っている男性は、三十代半ばくらいだろうか。

黒い巻き髪で鼻が高く、古代ギリシャの彫刻を思わせる顔立ちである。パーティの招待客ではないのか、着古した風合いのツイード生地のジャケットに、サイズが合ってなさそうな野暮ったいズボンを身につけ、ビン底眼鏡という言葉がぴったりの分厚い眼鏡をかけている。

「彼はルカ。うちのキュレーターよ。専門はイタリア・ルネサンス」

ということは、これまで何度かすれ違ってはいたはずだが、晴香はとっさには思い出せない。ルカは控えめに頭を下げただけで、上目遣いで探るように見てくる目の色は髪と同じく黒かった。専門から考えても、ラテン系かもしれない。

「まずは、あなたたち二人に改めて見てほしいものがあるの」

ルイーズはそう言って、ヒールの靴音を響かせながら先を歩きはじめた。


巨大な絵画が天井近くまで壁を埋め尽くす長い回廊を抜けて、バックヤードへとつづく扉を開ける。改装を重ねて近代的な設備と古い宮殿の内装とがごちゃまぜになった廊下を進み、エレベーターホールに出た。

四人で乗りこむと、ルイーズは地下階のボタンを押す。

以前、晴香が働いていた大英博物館と同様に、ルーヴル美術館の地下は、ほとんどが収蔵庫になっているようだ。

そこには全長何キロにも及ぶという曲がりくねった通路がつなぐ、いくつもの空間がある。それぞれの空間が最適な温湿度と厳重なセキュリティに守られながら、数えきれないコレクションを擁しているのだ。たとえ上階の建物が火災や爆撃に遭っても、シェルターとして作品を守ってくれることだろう。

エレベーターの先に待っていたのは、収蔵庫のなかでもAランクと評された作品を扱う際に使用される、セキュリティレベル最高の臨時収蔵庫だった。

いくつかの鍵やカードキーさらには指紋認証などを経て、ルイーズはすべての解錠作業を終えた。

「お待たせ。って、どうしたの？　ケント？」

となりを見ると、スギモトが青い顔をして立っている。

そうだった――。

なにを隠そうスギモトは地下恐怖症であり、こういった美術館の地下収蔵庫を訪れるたびに具合が悪くなるのだった。なんでも幼少期に、かつてペストの流行によって封鎖された古都エディンバラの地下都市に迷いこんでしまったことがトラウマ的原因なのだとか。

「どうもしないよ。まったく問題ない。いや、むしろ絶好調だ！　早く作品を拝見させてもらおうじゃないか」

スギモトの饒舌《じょうぜつ》さに苦笑しながら、ルイーズは言う。

「そう？　じゃ、なかに」

晴香はスギモトを元気づけるように、彼の背中をぽんと叩いた。

二重扉になった先には、数十メートル四方はありそうな広々とした空間が待っていた。収蔵庫特有の人工的な空気に満たされている。ときにはこの空間内で修復作業が行なわれることもあるといい、簡単な設備もそろっていた。

空間の中央にある白い作業机の上に、一点の絵——いや、紙に単色の線だけで構成された一枚の素描が置かれていた。高さ二十センチにも満たない小さな作品でありながら、異様な存在感を放っている。

ゆっくりと近寄るスギモトと晴香に、ルイーズは「これ、必要なら」と、携帯用の拡大鏡をひとつずつ手渡した。

額装はおろか、マウンティング——台紙に押さえて固定すること——もされていない、むきだしの状態で机の上の中性紙に横たえられている。あまりに無防備な保管のされ方に修復士としてはヒヤッとする。一目見ただけでも古そうだ。

インクやチョークの無数の線が表すのは、水や風の動きだった。

蛇口から桶へと流れこむ水の動きにも、癖の強い巻き毛にも似ているが、竜巻として渦を巻く風煙だろう。よく見ると、それらの渦に流されて、建材らしき石のブロックが弧を描きながら宙を舞って落下している。小高い丘にあるひとつの村が豪雨と竜巻によって、無残にも壊される様子にも解釈できた。

とはいえ、絵には人や動物がおらず、必要以上に恐怖心をあおることも、阿鼻叫喚が描かれることもなく、自然現象がただ淡々と描写されている。これを描いた作者は、これほどの大災害が起こっても感情に惑わされることなく、冷静に水や大気の動きを観察し、物理的に分析しているように思える。

晴香は心のなかがさざめき立つのを感じた。

ただし、この不穏さは、絵に描かれた内容だけが理由ではなかった。

「どうして……これが、ここに？」

スギモトが先に呟く。彼も同じ理由で動揺しているらしい。

この素描は、レオナルド・ダ・ヴィンチが最晩年に描いたことで知られる《大洪水》の連作に酷似しているからだった。

「清掃員が見つけたの」

こちらの反応を窺《うかが》うためか黙っていたルイーズが、スギモトの呟きに答えた。

驚いてふり返ると、苦々しげに表情を歪《ゆが》めている。

「どこで？」と、スギモト。

「ここルーヴルの収蔵庫で、です」

そう答えたのは、キュレーターのルカだった。

四ヵ月ほど前、収蔵庫を担当している清掃員のとりまとめ役から、イタリア・ルネサンスの作品が多く保管された部屋の近くで、見覚えのない封筒が床に落ちているのを発見したという報告を受けた。出入りする職員の落とし物だろうと思ったルカは、軽い気持ちでそれを受けとった。

「これです」と、ルカは作業机に置いてあった封筒を指した。

なんの変哲もない、大きめの茶封筒だった。まさか、レオナルド・ダ・ヴィンチの素描が入っているとは夢にも思えない。

「なかを確認すると、信じられないことに、ダ・ヴィンチの《大洪水》によく似た一枚でした。なにが起こっているのか、これがなんなのか、頭のなかを整理するのにしばらく時間がかかりました。私はルーヴル美術館のこの時代の作品については、誰よりも熟知している自負があります。収蔵品のデータベースを検索する前から、うちに登録がないことは確信していました。そもそもルーヴルはレオナルドの絵画五点の他に、素描や手稿もいくつか持っていますが、大半が弟子などによるコピーですから」

ルカは、この奇妙な事件に興奮している様子だった。その証拠に、ルカの口角はかすかに上がり、さきほどよりも声が大きくなっている。研究者の性《さが》なのか、謎に包まれた発見物とはいえ、レオナルドの作品である可能性があることを、ルカは少なからず歓迎しているらしい。

ルイーズはそんなルカを鋭く睨《にら》んでから、深いため息を吐《つ》いた。

「このことはルカと私以外誰も知らない。こんなものが館内に落ちていたなんて、下手に世の中に知られたら信用問題に関わるからね。仮に、寄贈や整理の過程のなかで収蔵品からたまたま抜け落ちたものならば、管理のずさんさの証明になる。あるいは、うちの収蔵品とは関係なかったとしても、誰が置いたのか、いつからあったのか、という問題が浮上する。どちらにしても、あってはならないものが発見されたということよ」

「なるほど」と、スギモトは何度か肯いたあと、話を整理する。「本来、関係者しか立ち入ることのできない場所にあったわけだから、館内のスタッフは全員疑わしい。それで、部外者であるわれわれに、調査を依頼することにしたわけだね？　久しぶりに会った君がずっと浮かない顔をしていた理由がやっとわかったよ。たしかに、これほど厄介な掘り出し物はないな」

「話が早いわね」

ルイーズは降参を表すように、肩をすくめて両手を上げた。

「で、僕たちはなにをすれば？」

「この素描について調べてほしい。徹底的に。コンサバターはときに、美術史家以上に作品の本質を見抜くことに長《た》けていると私は思っている。主観にもとづく机上の空論に走りがちな研究者とは違って、実物に触れてケアすることが仕事だからね。医者が人の身体を熟知しているのと同じ」

「信頼してもらって光栄だね」

スギモトから目を逸らし、ルイーズはその場の全員に向かって言う。

「そもそもこれはレオナルドの真作なのか。贋作《がんさく》やレプリカなら、そこまで目くじらを立てる必要はなくなる。誰の仕業にせよ、イタズラで済ませられるわ。でも本物だったら、ただちに保険料の支払いも生じるし、しかるべきときに世間に公表しなければならない。なぜルーヴルの地下にあったのか、という経緯も突きとめなきゃいけないわ」

晴香は改めて、一枚の素描を見つめる。

ダ・ヴィンチが残した《大洪水》という題名の一連の素描は、画集やネットで何度か目にしたことがあるだけで、実物を前にするのははじめてだった。これが真作なのかどうか、今の晴香には判断材料が足りなすぎる。

それでも、見つめるほどに水や空気の渦に吸い込まれる感覚がして、眩暈《めまい》すらおぼえるのはたしかだ。一度カオスのなかに引きずり込まれれば逃げ場はない、という残酷さを突きつけられるようで目が離せなかった。


ルイーズが秘書からの連絡を受けて席を外した。

「どう思います？」

ずっと黙っていたルカが、晴香に訊ねる。

「……まだ答えを出すのに時間がかかりそうですが、進め方としては、ふたつあるかと思います。ひとつ目は、発見された経緯を追うこと。ふたつ目は、作品そのものを分析すること」

「発見された場所の防犯カメラは、もう確認しましたか？」

となりにいたスギモトが、晴香の話を引き取って訊ねると、ルカは「当然」と鼻で嗤《わら》う。

「すぐに確認しましたが、死角になった通路の突き当たりだったので、いつからそこにあったのかはわかりませんでした。清掃員にも話を聞きましたが、手がかりになるような情報は得られていません。おそらく発見された経緯から辿《たど》るのは難しいかと」

「なるほど。では、現状まずは作品を分析するしかないと？」と、スギモト。

「ええ」

ルカは分厚い眼鏡をかけ直し、こうつづける。

「お二人もご存じでしょうが、レオナルド・ダ・ヴィンチの真骨頂は、一万ページ近い数の素描や手稿にあるとされます。絵画作品が少ない分、それらがレオナルドの思考を伝える貴重な資料になっているからです。現存する約六千三百ページは、現在、英、仏、伊、独、米などの世界各地およそ三十数ヵ所に、分散されて残っている。そのうち素描は、計約七百ページにのぼります」

「へぇ、そんなに！」

「知らなかったんですか、スギモトさん」と、晴香はぎょっとして答える。

「いや、話を合わせてるんだ」

なに食わぬ顔で答えるスギモトに、晴香は「本当に？」と訝《いぶか》しむ。しかし晴香自身も、じつは正確な数字を把握していたわけではない。ひとまず受け流すが、ルカはこちらに呆れた目を向けながら講釈をつづける。

「それら膨大な手稿のなかでも、《大洪水》という題名がつけられた連作の素描は、水や風の流れに対する積年の研究の集大成ともいえ、フランスで過ごした最晩年に描かれました。わかっているだけでも十六点が存在し、うち十一枚はシリーズとしてまとまっており、現在はロイヤル・コレクションの一部として英国ウィンザー城で管理されています」

そこまで言うと、ルカはスギモトの方をまっすぐ見つめた。

「あなたは大英博物館で働いていたそうですね？」

「まぁ、そうですが？」

スギモトは眉を上げて、とぼけた表情を見せている。

「ロイヤル・コレクション・トラストにつながりはありませんか？　できれば、ロイヤルにも極秘で協力を頼みたいと考えています」

「えっ、私ですか？」と、スギモトは人差し指で自分の顔を指した。「いやぁ、どうだろうな……すぐには思い出せませんね。まぁ、知り合いがいないわけじゃありませんが、みんなおしゃべりだからなぁ、秘密を守れるかどうか……」

お茶を濁すように答えるスギモトの態度は、ふざけているようにも受けとれて、ルカはあんぐりと口を開けて絶句している。突然やって来た部外者なのだから、警戒するのも無理はないだろう。

晴香は慌ててフォローを入れる。

「すみません、もちろん連絡をとれる人を探してみます」

そう答えながら、さては女性問題じゃないだろうな、という疑惑が頭をよぎる。いろいろあって連絡をとるのが気まずくなったとか。疑いの目を向けていると、スギモトはこちらの疑念を察したらしい。

「そう睨むな。俺をふとどき者扱いしないでくれ」と、小声で囁《ささや》く。

「今までの言動が軽いんです。つべこべ言わずに連絡してくださいね」

まったくこの男には困ったものだ――。

晴香は苛立《いらだ》ちながら、ふとルカの冷ややかな視線を感じ、われに返る。いけない、こんなところで言い争いをしている場合ではなかった。

「すみませんね、うちの相棒は小姑《こじゅうと》みたいにうるさくて」

スギモトが弁明するが、ルカはもう、こちらに頼る気が失せてしまったのか、「いえ、もう結構です。英国への調査依頼は、必要になってからにしましょう。他にできることはありますから」と素っ気なく答えた。

「それはよかった」と、スギモト。

「まずは、私が気づいた点を挙げておきます」と、ルカは淡々とつづける。「レオナルドの真作かどうかはさておき、作者はおそらく左利きでしょうね」

「なぜわかるんです？」と、晴香は訊ねる。

「ハッチングの方向ですよ。普通、右手でペンを握った場合、陰影を表す線の伸ばし方は左下から右上（↗）、もしくは右上から左下（↙）になる。けれども、この素描をよく見ると、反対（↖もしくは↘）に描かれている。つまり、鏡にうつったような裏返しの状態になっている。それは日頃から鏡文字を描いていた、左利きだったレオナルドの特徴のひとつです」

眼鏡を押し上げて当然のように答えるルカの言う通り、素描をよく見ると、ハッチングの線はすべてそうなっていた。

「ちなみに、レオナルドが鏡文字を使っていたのは、自分の考えを他人に読ませないようにするためじゃなく、ただ単に、インクで手や紙を汚さないために、右から左へと文字を描いていたからだ、という考えに僕は賛同しますね」

「なるほど」

晴香は拡大鏡を手にとって、作品を注意深く観察しながら、あることに気がついた。

「ルカさん、私からもいいでしょうか？」

「どうぞ」

「本作の素材である紙は、私の専門分野です。紙そのものの色や成分を比較すれば、当時のものかどうかが明らかになるかもしれません。たとえば、この素描には、透かし模様《ウォーターマーク》らしき影があります」

「どれです？」

ルカは興味深そうに、ふたたび作品を眺める。

素描の右下にある五センチにも満たない、光で浮かびあがる小さな柄を、晴香は彼に向かって指し示す。

「当時のヨーロッパの紙には、十字架やアルファベット、ドラゴンや鳥など、さまざまなデザインが透かし模様として残されています。いわば、紙の商標登録みたいなものです。この作品にも幸い、その痕跡が見てとれるので、ダ・ヴィンチが他に使用した紙のウォーターマークと比較すれば検討材料になるかもしれません」

「調べてみてください」と、ルカが眼鏡を押し上げながら、こちらを見て言う。

晴香はほほ笑んで肯いた。

「あと、もうひとつある」

最後に、指を鳴らしたのはスギモトだった。

「また冗談を言うつもりじゃないでしょうね？」と、ルカが冷たく言う。

「冗談は好きだが、この指摘は本当です。さぁ、ここを見て」

スギモトが指したのは、作品の端の方に残された、インクの滲《にじ》みのような影だった。

「ただの染みでは？」

眉をひそめるルカに、スギモトは拡大鏡を手渡す。

「あるいは、指紋かもしれない」

そう呟いたスギモトは、ニヤリと笑っていた。

晴香も促されるままに覗《のぞ》きこんで目をこらすと、点や線でまだらに構成されているのがわかった。

「まさか」と、ルカは声を上げて凝視しながらも否定はしない。

「さて、面白くなりそうだ」

拡大鏡を外してスギモトを見ると、憎たらしいまでのドヤ顔になっていた。

＊

ルカがパリ市内のアパルトマンに帰宅したのは、深夜を回ってからだった。

英国からやって来た二人の修復士との話し合いを終えたあとも、自身のオフィスでしつこく調べものをしていたからだ。

アパルトマンは、ルーヴル美術館から地下鉄で十五分の距離にある。狭くて日当たりも悪いが、オートロックが完備なうえに通勤に便利だという理由でずっと借りている。むしろ日当たりの悪さは、膨大に収集した美術品を抱える彼にとっては好都合だった。

ルカは足元に気をつけながら、廊下を進んでいく。もともと一人暮らし向けの間取りであるうえに、本来寝室に使われるべき部屋もダイニングルームも、骨董品や資料の入った段ボール箱で占められ、廊下まで溢《あふ》れている。ルカの生活スペースは、居間のごく一部に限られていた。

すでに食事は簡単に、近所のファストフード店で済ませていた。

鞄を置いたとき、スマホが鳴った。

「もしもし、ルカさんですか？」

懇意にしているパリ市内の画商からだった。

「例の件ですが、どうなったかと思いましてね」

この画商からは長らく作品を購入してきたが、最近支払いが滞っていた。ルーヴル美術館のキュレーターという肩書は、画商たちに支払いを待ってもらうための印籠のようなものだったが、そろそろ駆け引きも限界が近づいている。

「もう少し待っていただけますか？」

「もう少しって具体的には？　一年も前からそうおっしゃっているじゃないですか」

「たとえば、今あなたの店にあるペルジーノを、今度、新しく収蔵品を決定する会議で提案してみます。ルーヴルの新しいコレクションに追加されるとなれば、あなたにとっても悪い話ではないでしょう？」

少し黙りこんだあと、画商は「そうですね」と少し声色を明るくした。

「とはいえ、あなた個人で購入なさった作品については、代金をもらわねばなりません。たとえば、なにか手放しては？　そういえば、去年ジョヴァンニ・ベリーニの絵画を落札なさったでしょう？　あれは名品ですよ」

「検討します」

呆れたように息を吐くのが聞こえた。

「とにかく、これ以上は待てませんからね」

「もちろんです」

ルカは電話を切って舌打ちをした。電話口の画商以外にも、ニューヨークやロンドンの画廊やオークションハウスから、定期的に催促の連絡が入っていた。細々と送金しているものの、もはや火の車である。

それでも、すぐに気持ちを切り替えてオークションハウスのオンライン図録のページをクリックする。ルカは今のような状況に陥ってもなお、良質のマスターピースを探しだして「入札」ボタンをクリックせずにはいられなかった。

——あんたは人として重要な部分が欠落している。

まだ十代だった頃、母親から言われたことがあった。

好きなことに夢中になると、人並み外れた集中力を発揮する一方で、他人の気持ちや後先を考えずに行動に出てしまうのだ。寝室やダイニングルームに山積みになったコレクションが、彼の性質が変わっていないことを証明している。

ルカは、父の故郷であるフィレンツェに里帰りをした十三歳のとき、生まれてはじめてお小遣いを貯めて、古本屋で一枚の古い素描を買った。心惹かれる佇《たたず》まいだった。それがレオナルド派の一人、ボルトラッフィオの作品かもしれないと画集で知ったとき、ルカの人生は変わった。

自分には「眠れる芸術品」を救いだす才能があるんじゃないか――。

そんな自負心によって、生まれ変わったような万能感に包まれたのだ。学校では勉強も運動もできずクラスメイトから空気のように軽視されていた。親からも期待されず、パッとしなかった自分に、他の誰にもない特別な力があるような予感がした。

それ以来パリやフィレンツェのリサイクルショップや古書店を回り、巨匠の手稿の古いファクシミリ版――紙質や装丁といった造本形態も含めて、貴重書や素描集を忠実に再現した複製品――や作者不明の同時代作品を集めるようになり、やがてレオナルド・ダ・ヴィンチの真作を追い求めはじめた。

レオナルドに惹かれるのは、彼が恵まれた出自ではないからだ。

庶子として生まれ、早くに母と離別し、父も自分に無関心だったレオナルドは、正式な教育を受けさせてもらえず、生涯、教養がないというコンプレックスを抱えていた。彼の多岐にわたる学問の知識はすべて独学である。努力の人といっていい。

ルカはその点において、自分と似ていると感じていた。ルカもまた、実家が裕福ではなかったので、ルーヴル美術館のギフトショップで働きながら国家資格をとり、学芸課での募集が出るのを虎視眈々《こしたんたん》とねらって、雑用から今のポジションにのし上がったからだ。

ただし、運よくキュレーターという肩書を得られたものの、ルカの夢はつねに別のところにあった。

レオナルドの真作を発見すること――。

キュレーターとしてのすべての仕事は、その唯一の夢を叶えるための準備に過ぎない。発表した論文や書籍は、もしレオナルドの真作が目の前に現れたときにその証明に役に立つのか、という一点によってのみ積みあげられている。

真作を見つけるという夢を叶えなければ、いくら収入や社会的地位を得ても、ルカにはなんの意味も成さなかった。つねに、知られざる真作が目の前に現れるのを待ちながら、すべての仕事に向きあってきた。館内のパーティなど裕福な人々との社交には、無論まったく興味を抱けなかった。

パソコンのウィンドウを切り替え、例の《大洪水》らしき素描の画像を表示させる。流れるような筆致には迷いがなく、知性に溢れている。これほどの作品を描けるのは一人しかいない。

今こそ、なんとしてでも真作であると証明しなければならない。絶対に。

そうすれば、「レオナルドの真作の発見者」として臨時収入も期待でき、借金も帳消しになるだろう。

――でも結論を急ぐべきじゃないな。

この日はじめて会った修復士――ケント・スギモトから最後に言われた台詞《せりふ》が、ふと脳裏をよぎり、ルカは苛立つ。話し合いのなかで、真作と証明するための有益な手がかりが見つかったが、あの男は腹の内が読めない。

「なにがわかるっていうんだ」

ルカは一人きりの部屋で呟く。

修復士なんて、やたらと作品に手を加えて台無しにする、ペテン師のようなものじゃないか。ルカが手に入れた骨董品も、修復士のせいで魅力が半減してしまっている例は少なくなかった。なんとか、あの二人を丸め込む方法はないだろうか。もう一人の女性修復士の方にしても、スギモトよりは友好的な態度だったものの、大真面目というか融通が利かなそうな印象である。

――指紋かもしれない。

そのとき、ルカはあることを閃《ひらめ》いた。

スマホを手にして、あの人の連絡先を表示させる。

アンドレア先生――ルカにさまざまなことを教えてくれた大学の指導教官だ。

コール音数回で、先生の声が聞こえてくる。

「もしもし、ルカです。ご無沙汰しています」

やや沈黙があって、なつかしい声がする。

「何年ぶりかね？　元気だったかい」

「ええ。不義理をして申し訳ありません。じつは先生に、ご相談がありまして――」

アンドレア先生ならば、協力してくれるに違いない。

スマホを持つ手には自然と汗が滲んでいた。

＊

収蔵庫で作品を見せられた翌日、晴香はルカから連絡を受けた。

——指紋鑑定の件で、早速お二人に紹介したい人がいます。

数日後、朝から雨が降りしきるなか、晴香はスギモトとともに、ルカの案内のもとタクシーでその人に会いにいった。

ルカが呼ぶところの「アンドレア先生」は、レオナルド研究の第一人者として知られる著名な学者だった。ダ・ヴィンチに関する数々の主要文献を手掛けている他、真贋鑑定でも名高い人物で、晴香も著作を何度か手にとったことがある。

ルカいわく、以前はイタリア・ルネサンスを専門とする権威として、フランスや米国の大学の教授職や学会での役職をかけもちし、精力的に活動していた。しかし少し前に体力の衰えのせいか、すべての職を辞し、教え子たちとの集まりにも顔を出さず、滅多に屋敷からも外出していないという。

「今回、連絡がとれて本当によかったのですが……」

ルカは心配そうに言った。

パリ市内では珍しい庭付きの一軒家が、先生の邸宅だった。何百年も前からそこにあるような古めかしい外観の、蔦《つた》の絡まった門をくぐり、玄関口のベルを鳴らすと、パンツスーツ姿で眼鏡をかけた若い女性に出迎えられた。

「はじめまして、私は先生の秘書をしているアンバーといいます」

「秘書?」

「ええ、主には、先生のこれまでの著作に関わる雑務や、取材や来客のとりまとめをしております。ルカさんのお話も、先生からお伺いしていますよ」

「そうでしたか」と肯きながらも、ルカはどこか腑に落ちない表情で、アンバーのことを見つめていた。

屋敷のなかに案内されると、静かな空間が待っていた。

玄関ホールは絨毯《じゅうたん》が敷かれて窓も大きいが、すべて重厚なカーテンが引かれ、照明も暗めに設定されている。薄暗さに目が慣れていくと、まるで十五、六世紀の宮廷にタイムスリップしたかのような内装が広がった。

壁にはクラシカルな様式、主にイタリア・ルネサンスの頃の絵画が並んでいる。とくに目を引くのは、レオナルド・ダ・ヴィンチの名画群だった。ルーヴル美術館をはじめ公的な所蔵先にある複製を飾っているらしい。

他にも、ダ・ヴィンチの手稿を大きくプリントした版画や、彼が書いたらしき鏡文字の文章が額縁におさめられている。調度品のほとんどが何世紀も前のアンティークだ。ガラスのケースにおさめられた、古い時計や秤《はかり》といった置物をとってみても、科学的見識を重視したダ・ヴィンチの世界観を感じさせた。

書棚に目をやれば、ダ・ヴィンチに関するフランス語や英語、そしてイタリア語の文献がずらりとそろっている。なかには、いくつかの言語に翻訳されたアンドレア先生本人の著作も並んでいて、さながらレオナルド記念館と呼びたくなる。

応接室で待っていたのは、アンドレア先生その人だった。

七十歳くらいのはずだが、もっと年上に見える。白髪も薄く、深いしわが刻まれた顔つきは、どこか気難しそうだ。十分暗い室内にもかかわらず、先生は色付きの眼鏡をかけていて表情がわからない。

「やぁ、よく来たね」

アンドレア先生は穏やかな声色で、ルカに向かって手招きをした。

「お久しぶりです」

「驚いたよ、とつぜん連絡をもらって」

二人は抱擁し、再会を喜びあう。

晴香は歓迎されたことに安堵《あんど》しながら、簡単な自己紹介を済ませ、向かいあって腰を下ろす。アンドレア先生とスギモトには業界内に共通の知人がいるとすぐにわかり、しばらく世間話をした。

「それで、今回は相談があるのだとか？」

「はい」と、ルカが話を引きとる。「とある素描についてです」

ルカはテーブルの上に、例の《大洪水》らしき素描をうつしたタブレットを置いた。先生は無言でタブレットを手にとり、何枚かある画像をスライドさせていく。

「今、われわれはこの素描について調査をしています」

しばらく黙って画像を見たあと、先生はタブレットをテーブルに戻した。

「ウィンザー城には問い合わせたかね？　あそこにはレオナルドの《大洪水》が所蔵されている。ムッシュー・スギモトが英国のコンサバターなら、つながりがあるだろうに？」

鋭く指摘され、晴香はスギモトの方を見る。スギモトは肩をすくめて答える。

「ええ、その通りですが、今回の調査はルーヴル美術館内で、極秘に進められています。外部の専門機関への公的な問い合わせは最終手段にしたいのです。ここには特別に、先生を信頼してお伺いしています」

スギモトの答えは言い訳のように聞こえるが、アンドレア先生もルカもそれ以上は追及しなかった。

「先生、事前にメールでもお送りした通り、この作品には、指紋のような痕跡があるのです」と、ルカ。

そう言って、ルカは該当部分の接写画像を何枚かスライドさせた。

アンドレア先生はこういった問い合わせには慣れているらしく、驚く様子も見せずに眼鏡を外すと、タブレットを近くで凝視する。

「ああ、確認していたよ。たしかにそう見えなくもない」

「先生は《荒野の聖ヒエロニムス》の調査をなさっていましたね。この指紋との照合に、ご協力いただけないでしょうか」

そう言って、ルカは壁に掛かった一枚の絵を見た。

それは、ヴァチカン美術館に所蔵される《荒野の聖ヒエロニムス》の複製画だった。

レオナルドが二十八歳のときに描いた最初期の傑作《荒野の聖ヒエロニムス》は、誰がいつ注文したのか記録が十分残っていないうえに、未完に終わった絵画なので、ミステリアスな一枚として名高い。

大部分はざっと描かれたに過ぎず着彩さえされていない。若きレオナルドは己のために意欲的にこの作品の制作に挑戦したとされるものの、未熟さを許せなかったのか、途中で筆を擱《お》いたのだった。

それでも、これほど打ちひしがれた聖ヒエロニムスの描写を実現させたのは、レオナルドが史上初だと言われる。痩せこけ、傷つき、苦悩する老人。若き日のレオナルドが師匠のヴェロッキオとともに、人の筋肉や骨格について解剖学の研究を重ねたからこそ、迫真性のある表現が生まれている。

　宗教や伝統よりも自らのスタイルを重視し、真実を追い求める――そんな姿勢が、この初期作には示される。ただし、それ以上に《荒野の聖ヒエロニムス》は、じつはレオナルドの指紋が残されていることでも重要だ。

　生乾きの顔料に指を押しつけた形跡が、二十数ヵ所も残されているのだ。制作時はまだ弟子にも頼っていない独立直後であり、レオナルド本人のものと断定できる指紋である。そのためレオナルド研究において重要な位置づけとなっている。

　言い換えれば、レオナルドという人間の科学的痕跡が、もっとも強く残された作品でもあるのだ。

「もしこの指紋が《荒野の聖ヒエロニムス》のそれと一致すれば、レオナルドの真作である可能性が、きわめて高いことになります」

「理論的にはね」と、アンドレア先生は呟く。

「それで、先生はさきほどご覧いただいた素描について、どのように思われましたか？」

「どう思うか、か……難しい質問だ。発見された経緯を知らないうえに私は実物を見ていないから、なんとも言いようがない」

ルカは失望の色を隠せないようだ。それでも、前向きな答えを引き出そうと声を大きくしてつづける。

「実物はレオナルドの《大洪水》にかなり近いものです。先生さえよければ、実物をご覧いただけるように手配します」

すると、アンドレア先生は正面からルカの顔を見据えた。

「なぜ君は、レオナルドの真作を見つけたい？」

「それは……」

口ごもるルカに、アンドレアはつづけた。

「金のためか？　名声のためか？」

「……違います。もちろん、お金も欲しいし、社会的地位だって。けれど、それだけのために行動しているわけではありません。むしろ、それらは付随的な結果に過ぎない。金や名声だけが欲しいなら、もっと別の方法をとっています」

「では、なぜだ？」

ややあって、ルカははっきりとした口調で答える。

「純粋な欲望としか言いようがありません。ただ、レオナルドの真作をこの手で、この目で発見したいのです」

「いずれ身を滅ぼすよ」

ルカは目を逸らし「すでに多くを犠牲にしました」と答える。

「ならば、どうして諦めきれない？」

アンドレア先生はどうしても答えを知りたいのか、身を乗りだして訊ねる。

「わかりません。ただ、いつどこにいても、つねに頭のなかで考えてしまいます。誰しもがレオナルドの真作と崇める一点を、この手で触り、自分が見つけたのだという事実に酔いしれる瞬間を……」

「愚かだな」

「ええ」

アンドレア先生はルカから目を逸らし、しばらく自らの手を見つめていた。レオナルド研究の第一人者として、先生もまた同じ夢を追っていたに違いない。しかし権威として名を残しながらも、もはや年老いて屋敷から外に出なくなったという彼は、その夢について今どう思っているのだろう。

一瞬、レオナルドが描いた《荒野の聖ヒエロニムス》の傷つき、衰えた姿が、目の前にいる老研究者と重なった。

すると、アンドレア先生は部屋の片隅で待機していた秘書に向き直った。

「ああ」

「盗まれた資料というのは、どういったものなんでしょう？」

「それは……言えない」

スギモトは面食らうように目を丸くした。

スギモトの今の質問は、晴香も真っ先に気になったことだった。屋敷のなかは絵画なり調度品なり、高価そうな品物で溢れている。それなのに、なぜアンドレア先生が内容を隠すような資料を盗む必要があったのか。

「問題解決の手がかりを探しに来たのに、まさか別の難題を提示されるとは……しかし引き受けるしかありませんね」

スギモトはルカに向かって確かめるように言い、ルカも「ええ」と肯いた。

＊

ルカは雨脚が激しくなったことに気がついた。

昼間とは思えないほど暗い灰色の空からは、目に見えるくらいの大きな雨粒が落下する。

静かな屋敷のなかは、絶えず雨音が強弱をつけながら響いていた。窓の向こうは数メートル先まで白く霞んでいる。

修復士の二人は相変わらず、アンドレア先生の書斎にて、謎解きのための手がかりを探しているようだ。

「この暗号には、マドリードという地名が書かれていますね。地名があるということは、このメモはなんらかの地図を表しているんじゃないですか？　見えない等高線とか。スペインに行けばわかるんでしょうか」と、晴香の声が聞こえる。

二人の推理を傍観しながら、ルカは不思議でならなかった。

アンドレア先生は人が変わったようだ。以前は、こんな奇妙な謎を提示して、こちらの反応を楽しむような人でもなく、たとえ身内の秘書であっても、理不尽に感情的な態度をとるようなこともなかった。なにかあったのだろうか――。

「じつに厄介だ」

背後から声をかけられ、ルカはふり返った。

アンドレア先生が杖で身体を支えながら、窓の上方を見つめていた。視線を追うと、蜘蛛《くも》の巣が張っている。

「古くて広い屋敷だから、すぐに巣を張るのだよ」

「掃除が大変ですね」

「もう私はあえて、そのままにしているよ。他の虫を食べてくれるからね」

しばらく二人で雨を眺めたあと、ルカは切りだす。

「先生がお元気そうでよかったです」

「君もね」

「あの素描を見たとき、先生のことが真っ先に頭に浮かびました。先生ならどう思うだろうと」

アンドレア先生はなにも答えず、ただ窓の外を眺めている。

沈黙を埋めようと、ルカはつづける。

「指紋鑑定というのは、じつに合理的です。レオナルド研究者はそれぞれに、レオナルドの真作らしきものを携えては足を引っ張りあってきました。長年のくだらない争いも、指紋鑑定によって収拾がつくかもしれない。僕は今後、他の巨匠の鑑定でも指紋の標本をとっていくべきだと思います。そうすれば、もっと正確な判断ができるようになるんじゃないでしょうか？」

しかし先生は、ルカが饒舌に語れば語るほど、なぜか険しい表情になった。

話題を変えるべきかもしれない。

ルカは思い直し、周囲を見回す。窓際に置かれた猫足のコンソールテーブルの上に、なつかしい写真が飾られていた。

「あれ、〝レオナルドの日〟ですね」

アンドレア先生はこちらの視線を追って、写真の方を見た。

写真にうつった先生は、若々しく潑剌《はつらつ》とした笑みを浮かべている。周囲をルカも含めた何人もの教え子に囲まれて、ヴィンチ村の田園風景を背にしていた。そこにはレオナルドが幼少期に朝夕眺めたであろう平原とアルバーノの山々、そしてアルノ川の流れが霞のなかに広がっていた。

「まだ若いな」

「ええ、お互いに」

「ヴィンチ村にも長らく訪れていない」

フィレンツェから四十キロほどのヴィンチという村では毎年、郷土の偉人をしのぶ行事が、その誕生日である四月十五日に催されている。そもそもレオナルド・ダ・ヴィンチという名前は、イタリア語で「ヴィンチ村のレオナルド」という意味である。

レオナルドの日には、レオナルドに関する最新の情報を共有するために愛好家や研究者が招待され、地元のリストランテでパーティが開かれる。現役の教授だった頃、アンドレア先生はよくそこで講演を依頼されていた。

先生に師事していた下積み時代、ルカも手伝いのために同行したことがあった。トスカーナのワインを傾けながら、陽気な笑い声や声高な議論に包まれた会場で、先生はにこやかにスピーチをしていた。

——作品鑑定は、仲のいい相手の声を電話口で聞き分けるようなものです。真贋は判断するものではなく、自然にわかるものだからです。

先生のスピーチは素晴らしく、会場は拍手に包まれた。

けれども今の先生は、「相手の声」に耳を貸そうともしない。

「はじめてヴィンチ村を訪れたとき、アルノ川の流れの穏やかさに驚いたよ」

先生の何気ない呟きに、ルカは訊ねる。

「たしかに、二十一歳の頃にレオナルドが描いた《アルノ河渓谷》は、晩年に描かれた《大洪水》とは対照的で、じつに平和な水の流れが表現されています。なぜレオナルドは、晩年になって真逆の作品を残したんでしょうね？」

制作年が確定している最初の作品《アルノ河渓谷》は、その完成度の高さから、歴史上はじめての風景画とも呼ばれている。

一方、死の間際にレオナルドが憑《つ》かれたように取り組んだ《大洪水》は、従来の研究では迫りくる死への恐怖を象徴していると論じられてきた。

しかしルカには、本当にそれだけだろうかという疑問があった。レオナルドほどの人物が単に恐怖心からのみで、わざわざ筆をとるだろうか。実際、素描からは恐怖よりも、なにか計り知れないものへの畏怖や敬意が感じられる。

「年をとると、人は自らの記憶のなかに生きるようになる」

アンドレア先生は、自らに語りかけるように言った。その横顔はかつての先生に戻ったように聡明で、知的な語り口だった。まっすぐ窓の外を見つめるまなざしも力強い。

ルカは固唾《かたず》を呑んで、先を待った。

「たとえば、レオナルドが描いた同じ年寄りの人相でも、若い頃に描いた《荒野の聖ヒエロニムス》と、晩年に描いた《自画像》では大いに違う。レオナルドほどの人物であっても老いを真に理解したのは老いてからだったのだろう。私も昔は、年をとれば穏やかになるものだと思い込んでいた。陽だまりのなかでゆっくりと余生を楽しむ賢者になれるとね。しかし実際は情けないことに、さらに強い執着や疑いを抱えている」

これまで見たことがないくらい悲しそうで、孤独な横顔だった。

「……先生」

「なんだね？」

「いえ、なんでもありません」と、顔を逸らす。

ルカは言えなかった。今までずっとここに来なかったことへの謝罪も、弱気にならないでほしいという励ましも。

「ところで、あの素描をどこで見つけた？」

ルカはふたたび先生を見つめる。ここに来てから、あの《大洪水》について質問されるのははじめてだった。無関心なようでいて、じつは気にしているのだろうか。

「それは立場上、口外できません。申し訳ありません」

「誰にも言わんよ。というか、私はもう、外部とのつながりはない。誰かに言いたくても言う相手すらいないのだ」

ルカは躊躇しながらも、指紋鑑定で協力してもらうために打ち明けることにした。ルーヴルの収蔵庫からとつぜん発見され、そのことを知る者は自分と館長、そして二人の修復士以外はいないことなど、経緯を簡単に伝える。

「ルーヴルの地下で見つかった、だって？　まさか……じゃあ、あれが」

アンドレア先生は目を細め、ぶつぶつと呟く。

「なにかご存じなのですか？」

「いや、時間が経ちすぎているし、あれはいい加減な噂だった」

「……なんのことを言ってるんです？」

戸惑うルカに、先生はなにも答えなかった。

長年アンドレア先生はレオナルドのことに関しては、すべてを把握しているような絶対的存在だった。かつての情報網の膨大さを知っているルカは、先生がただ勘違いをしているとは思えなかった。

この人は重要ななにかを知っている――。

どうすれば話を引き出せるかと考えていると、秘書の淡々とした声がした。

「失礼します。応接室にお集まりいただけますか？　ムッシュー・スギモトがお呼びです」

「なにかありましたか？」

「暗号が解けたそうです」

ルカは先生と顔を見合わせる。一礼をして去っていく秘書を追いかけようとすると、先生はルカの腕を摑《つか》んだ。

「ここだけの話、私はあいつが犯人じゃないかと思っている」

抑えた小声で、アンドレア先生は呟いた。

「あいつって？」

「あの、秘書の小娘だよ。あいつは以前から、私のものを盗みだしているんだ。あいつの表情の変化を見逃さないように用心してくれ。十分な証拠を集められれば、警察に通報するつもりだからな」

先生は見たこともないくらい憎しみに歪んだ顔をしていた。

アンバーという女性は、じつはただの秘書ではないのだろうか——。

ルカは動揺するが、アンドレア先生はつぎの瞬間には疲れた様子に戻っていた。

「すまない、私はしばらく部屋に戻る。謎解きの答えを代わりに聞いておいてくれ」

「えっ？　しかし先生……」

呼び止めようとしたが、先生は聞く耳も持たない様子で歩きだしていた。

＊

晴香は暗号を手渡されたとき、地図や等高線でないのなら、なにかの計算式を表すのだろうかと考えた。しかし三十分ほどメモを睨んでいたスギモトは、「そうか、これはレオナルドに関するものなんだ」と閃いたのち、書斎にある手稿の全集を眺めてはスマホでなにやら検索していた。

「簡単な暗号だな」

最後にそう呟くと、全員を呼びだすように指示をした。

途中から謎解きを離れ、ずっとアンドレア先生と話しこんでいたルカは、書斎に戻ってくるなり「先生はしばらくお一人で、部屋で休まれるようです」と彼の不在について説明した。応接室に全員がそろうと、秘書がお茶を運んでくる。暗くて雨音の響く室内に、紅茶の香りがただよった。紅茶を一口飲んだルカは、「それで、わかったこととは？」とスギモトに訊ねた。

「では、ご説明しましょう」

スギモトはルカや秘書を見ながら、暗号を掲げた。

「一見して、なんの共通項もないような数字が、ランダムにちりばめられている。この数字の意味するところに気がつくのに、私も少々手間どりました」

前置きすると、スギモトは壁の方を指した。

「あの図のおかげで、ピンときたんです」

そこにはダ・ヴィンチの解剖図のレプリカが飾られていた。図には歯の並びの他、肋骨《ろっこつ》や脊椎《せきつい》が表されている。

「歯の数は、親知らずも含めれば三二本。肋骨は二四本。そして、いわゆる背骨を形成する脊椎は、七個の頸椎《けいつい》、十二個の胸椎、五個の腰椎、五個の仙椎にわけられる。これら骨の数は、暗号の数字と一致する」

「つまり、この数字は骨を意味する、ということか！」

ルカの反応に、スギモトは肯いた。

「となれば、ひとつだけ記された地名の意味も浮かびあがる。レオナルド・ダ・ヴィンチとマドリードが関係するのは？」

逆に問われ、ルカは即答する。

「マドリード手稿か」

「正解！」

スギモトは指を鳴らすと、書斎から運んできたテーブルの上のマドリード手稿のファクシミリ版に手を置いた。

「六つの算用数字の他に記されているのは、マドリードという地名とⅡというローマ数字のみ。これはⅠとⅡの二巻で構成される、ファクシミリ版マドリード手稿の後半を意味すると推測される」

「しかし、そのことと骨の数がいったいどう結びつく？　そもそも犯人は、そんな数やファクシミリ版のことを示唆して、なにが言いたい？」

ルカが焦《じ》れるように腕組みをする。

「では、もうひとつ質問だ。マドリード手稿の第二巻には、人体の骨など、解剖学的な内容が記されているか？」

「いや、ほとんど記されていない。マドリード手稿はほとんどが工学に関する内容で、解剖学は含まれないよ」

「そうなんだ。なぜ骨の数がここで使われているのか？　果たして本当にマドリード手稿では人の骨への言及が一切ないのか？」

スギモトが問うと、ルカははっと顔を上げた。

「もしかして、クイズ、か」

スギモトは肯き、ほほ笑んだ。

「〝死者の骨に似ていて、素早い動きで幸運を生みだすものはなにか？〟」

「死者の骨……そういうことか！」

ルカは興奮した様子で笑いだしたが、話の内容が飲みこめない晴香は今度は自分が「どういうことです？」と訊ねる番だった。

「レオナルドは生前、なぞなぞや言葉遊びが大好きで、手稿に数々の言葉を残している。たとえば、〝人の形をした巨大な姿で、近づくほどに小さくなっていくものはなにか？〟というクイズもあるんだ」

しばらく考えて、晴香は答える。

「えっと……影ですか？　人の影」

「ユーモラスだろ？　レオナルドは遊び心に溢れたなぞなぞを手記に複数残している。そのうちのひとつが、今俺が言った〝死者の骨に似ていて、素早い動きで幸運を生みだすものはなにか？〟なんだ」

「なるほど。でも……難しいですね。答えはなんだろう」

すぐさま思いつかない晴香に、スギモトは渋い顔でつづける。

「レオナルドの答えは〝サイコロ〟。けれど、この設問には、俺も昔から違和感を抱いていた。サイコロを表すのに、わざわざ〝死者の骨〟というたとえを使う必要があるのか？　もっと適切な比喩があったんじゃないかってね」

「レオナルドも人間ってことでしょうか。他にいいたとえが思いつかなかったのかもしれませんね」

「どうやら、アンドレア先生に暗号を残した人物も、俺と同じ違和感を抱いていた。この暗号の答えは、その人物が考えたもっと納得のいく比喩だ」

「納得のいく比喩って？」

晴香が訊ねると、スギモトは指を立てた。

「星座だよ」

「あー……たしかに！　〝死者の骨に似ていて、素早い動きで幸運を生みだすもの〟。占星術で運勢を占うわけですから、素早い動きで幸運を生みだす。それに、散らばった点と点をつなぐ線という構図は、人の骨と関節のつながりに似ていますね！」

「だろ？　星座を示唆するために、犯人はこの数字の並びを考えた」

そこまで話すと、スギモトは暗号のメモを手にとり、何本かの線を描き加えていく。身体の骨の数字を線で結んだとき、ひとつの星座が出来上がった。そのメモをルカに向かって掲げて、こうつづける。

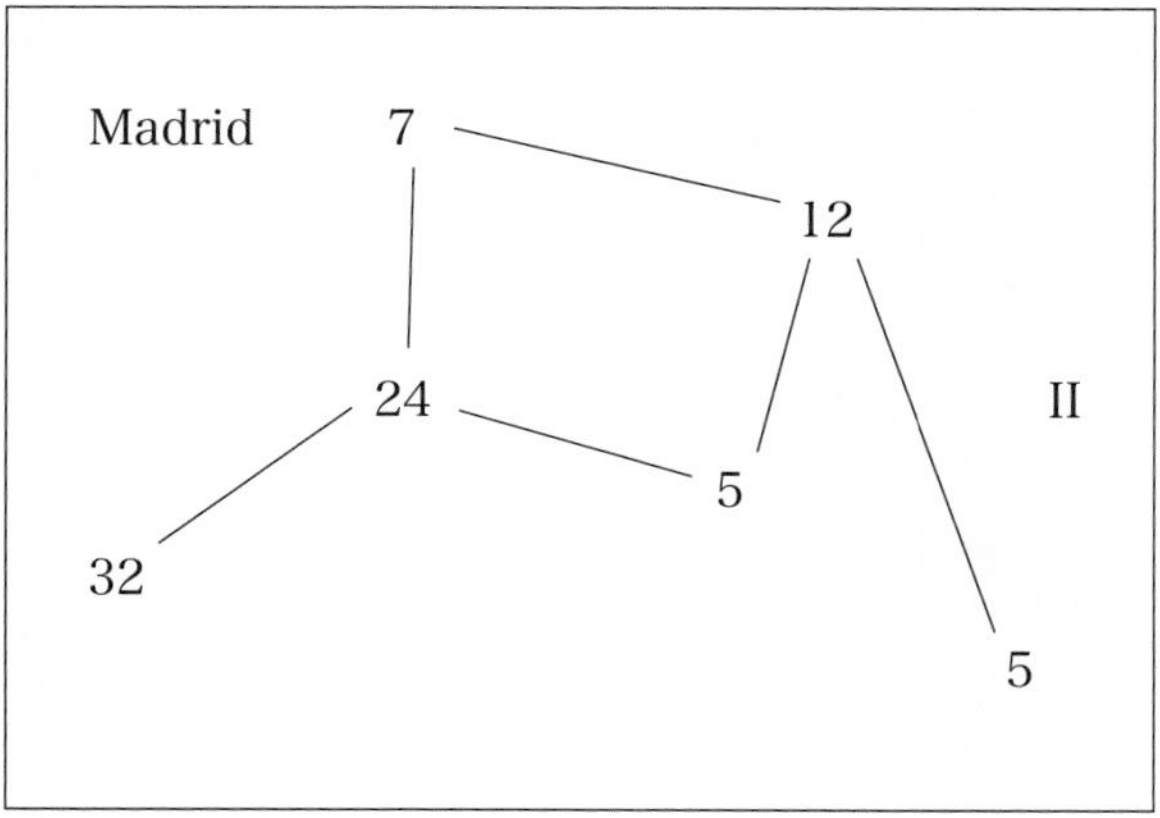
Madrid
7
12
24
II
5
32
5

「てんびん座だ。つまり、犯人の残した暗号は、秤を意味する。そして屋敷には、アンティークの測定器がひとつあった」

たしかにアンティークらしき秤がガラスケースに飾られていたことを思い出し、晴香はすぐさま秘書の方をふり返った。

「確認しても？」

「ええ、お願いします」と、秘書は肯いた。

玄関ホールに近い廊下へと走り、ガラスケースを開ける。なかには、天秤の形をした古い測定器が、平たい木箱の上に置かれている。

測定器を持ちあげて木箱を取りだし、蓋を開けると、そこには一冊の古い本が入っていた。革張りの表紙の内側に、古い紙のサンプルが綴《と》じられている。

「アンドレア先生が探していたものは、これで正しいでしょうか？」

スギモトが訊ねると、秘書は「ええ、おそらく。お話を聞いていた限り、革張りの表紙の古い本だ、ということだったので」と肯く。

「よかったですね、探し物が見つかって！」と、晴香は安堵の声を漏らす。「でもどうしてここに？　犯人はわざわざ盗みに入ったのに、ここに隠したということでしょうか」

「盗むことではなく、隠すことが目的だったとか？」

ルカは呟くと、秘書に向き直った。

「君は、いったい誰なんだ？」

秘書は混乱した表情で、「といいますと」と小声で答えながら後ずさる。

「君がここに隠したんじゃないのか？」

「そんな……私はそんなことはしません！」

「でも先生は、君が盗んだと言ってたよ」

「まさか！　私はただ、先生の秘書をしているだけです」

「僕は信じない。本当のことを話すんだ」

ルカと秘書が言い合うのを、晴香は慌てて止める。

「待ってください、ルカさんも落ち着いて。まずは、探し物が見つかってよかったじゃないですか」

「でも問題は解決していない！　誰が隠し、こんな暗号を残したのか……それがわからないと意味がないよ」

たしかにルカの言う通りだった。

場が静まり返ったとき、スギモトが口火を切った。

「そろそろ本当のことを話していただけないですか？　アンバーさん」

スギモトは落ち着いた表情で、秘書を見つめている。

「そうだ、やっぱり君が犯人なんだろ？」

ルカが興奮した口調で言うのを、スギモトは遮った。

「いや、アンバーさんは犯人じゃない。でも秘書でもない」

「えっ？」

混乱する晴香とルカをよそに、アンバーは黙って床を睨んでいる。

「話を整理しよう。元より、てんびん座の暗号は、レオナルドについてよほど詳しい知識がないと、思いつけない内容だ。もしアンバーさんにそんな知識があれば別だが、普通に考えれば、アンドレア先生本人による暗号だと考えるのが順当だ」

「おいおい、なぜ先生がそんな暗号を？」

「なぜなら、目的は〝隠すこと〟ではなく、むしろ泥棒から〝守ること〟だったからじゃないだろうか？　この暗号をつくった人物は、あえて自分にしかわからない暗号を残したものの、その解き方を忘れてしまったんだ」

アンバーは小さく息を吐いてから、「仕方がありませんね」と肯き、まるで秘書という自らの役割を放棄するように、手に持っていたお盆をテーブルに置いた。

「先生は数年ほど前から、認知症を患っていらっしゃいます。私はその前から、この屋敷で使用人をしていましたが、今はご本人も症状を受け入れて、私は先生をサポートする介護人の立場として付き添っています」

晴香と同様に、ルカも息を呑むのがわかった。スギモトだけは冷静に、「やはり、そうでしたか」と肯いている。

「ですから、ムッシュー・スギモトの言う通りです。私は先生の、ただの秘書ではありません。もちろん事務仕事も請け負いますが、足の不自由な人が杖や車椅子を使うのと同じで、私は先生の障害を補うための存在です」

「そんな」と、ルカが呟く。

アンバーは同情を示すように小さく頭を下げたあと、こうつづける。

「先生は認知症になる前から、なにかと謎解きゲームを考えたり、人を楽しませるのが好きな方でした。大切なものの在処《ありか》のヒントを残し、私に謎解きをさせることもありました。でも症状が悪化するにつれ、隠したこと自体も忘れて混乱することが増えました」

晴香はそれまでの出来事をふり返り、腑に落ちる。たとえば、アンドレア先生は時折、秘書に対して理不尽なほど強い接し方をした。盗まれた、と思い込んでしまったのも認知症のせいだったのかもしれない。

「どうか誤解なさらないでください。ルカさんから連絡を受けとったとき、アンドレア先生は本当に嬉しそうにしていらっしゃいました」

　アンバーはルカにほほ笑んだ。

「ただ、用件を聞いたあと、いつになく様子がおかしくなりました。先生はあなたに嫉妬していたのかもしれません。あなたのように若く、まだ不自由なく記憶や思考を操れて、レオナルドの宇宙にいられることが、羨ましかったのかも。先生にはもう、その力は残されていませんから」

「そんな……協力するとおっしゃったのは？」

「指紋鑑定のことですね」

「はい、そうです」と、ルカは力強い口調で肯く。

「その件についても、謝罪せねばなりません」

　頭を下げる秘書に、ルカは動揺を隠さずに「謝罪？」と訊き返す。

　しかし秘書はなにも答えない。

　代わりに口をひらいたのは、スギモトだった。

「なるほど。先生はあらかじめ《荒野の聖ヒエロニムス》の指紋と比較し、不一致という結論を下していたのですね？」

　スギモトの指摘に、秘書は諦めたように肯いた。

「まさか！　先生はそんなことをなにも言っていなかった」

ルカは激しく動揺したようにテーブルを叩き、その拍子に紅茶がこぼれたが、お構いなしに「信じられない！　絶対になにかの間違いだ」と青ざめながらぶつぶつとくり返した。

圧倒される晴香のとなりで、スギモトが口をひらく。

「ルカ。たしかに指紋らしき影を見つけたとき、僕もつい期待させるような態度をとってしまった。僕自身も、重要な手がかりかもしれないと思ったからね。でも一足先に《荒野の聖ヒエロニムス》と照合して、その難しさを思い知った」

「そんな……」

「そもそも指紋鑑定は、科学的で確実なものに思えるけれど、コンサバターの立場から言うと、かなり難しいものだ。鑑定のために採取された現代の指紋とは違い、美術品に残された指紋はランダムに圧力がかかって変形している。あくまで大幅に違うものを排除することしかできない。〝不一致〟という結果ならすぐに下すことはできても、〝一致〟と見做《みな》すには、かなりの幸運に恵まれなきゃいけない。だからほとんどの場合が〝不確定〟とせざるをえない。大体、比較する指紋の共通点の必要最低数は、国によってまちまちで人によっても意見が食い違うことさえある」

「そんな……なぜここに来るまで黙っていた？」

「信仰心を止めることは難しい」

スギモトは厳しさと同情の入り混じった目で、ルカを見ていた。

レオナルド・ダ・ヴィンチは神――それは先生の著作で読んだ言葉だった。神の存在に近づくために、人々は古来あらゆる手を使ってきた。ときには不確かな手段だとわかっていながら。

晴香は、レオナルド・ダ・ヴィンチの真作を見つけることが、いかに困難であるかを思い知る。どんなに努力を重ねても、結局のところ、レオナルドは何百年も前にこの世から姿を消し、答えは藪《やぶ》のなか。手がかりとなる文書もほとんど残されていない。過酷な条件下で、自分と同じくらい信仰心を燃やす研究者たちを説き伏せられるほどの、強い材料を探し当てなければならないのだ。

「……ないぞ……諦めないぞ……」

ルカは両手で顔を覆い、前かがみになってぶつぶつと呟いている。

「おや、もう見つけたのかね？」

そのとき、部屋の扉からこちらを覗いていたのは、さきほどまでとは打って変わって明るい様子のアンドレア先生だった。

「暗号を解くのは難しかっただろう？　よくできたね」

アンドレア先生はアンバーの手をとって、満面の笑みを浮かべている。

先生はその時々で、異なる設定の自分を生きているのだろう。さっきまでは「盗まれた」という設定だったが、探し物の実物を目にした今、「自分が隠した」という本来の設定に戻っているようだった。

「先生……指紋鑑定のことを聞きました」

ルカが思い切ったように声をかけると、アンドレア先生は顔を曇らせ、しばらく黙りこんだあと、重い口をひらいた。

「私はただ、君に忠告をしたかったのだ。レオナルドの手稿は一見すると、レオナルドの心を探るための貴重な地図に思える。しかし実際は、それ自体が、方向感覚を簡単になくしてしまう深い森のようなものだ。読めば読むほど、答えのない問いに囚《とら》われて身動きがとれなくなる」

記憶に障害を抱えるようになったアンドレア先生は、その深い森に閉じこめられてしまったのかもしれない。ふと、屋敷のあちこちで目にする蜘蛛の巣のことを、晴香は思い出した。

「あなたは今、その森のなかに？」

「そうだな。ミイラ取りがミイラになったのだ」

ルカは立ちあがると、先生の方に近づき、その痩せ細った手をとった。

「でも先生は今も、僕にとっての先生です。〝充実した日に幸福な眠りが訪れるように、充実した人生には幸福な死が訪れる〟」

アンドレア先生はルカの手を握り直す。

「レオナルドの言葉だね」

「ええ」

アンドレア先生の目に、みるみる涙が溜まっていく。先生は手をほどくと、テーブルの上にあった探し物の書物をルカに差しだした。

「君の力になりたいという気持ちは偽りじゃない。これを受けとってくれ」

「いいんですか？」

「ああ。それはレオナルドの素描を鑑定する手がかりとなる、紙のウォーターマークの標本だ。いずれ公表するつもりだったが、気力を失って放置していた。どうか今回の調査に役立ててほしい。不遇な出自でありながらも、教養を身につけ、宮廷で上り詰めたレオナルドのように、逆境であっても困難を克服する不屈の精神を持ってほしい」

革張りの表紙には、不思議な文様が刻印されていた。

組みひも文様だろうか――。

黒いサークルを装飾するように、複雑に絡み合って輪を成す、謎めいた線がデザインされている。それらの紐ははじまりや終わりがなく、永遠に循環している。

「ヴィンチの結び目ですね」と、ルカは言う。

「ヴィンチの結び目って？」

晴香の問いに、アンドレア先生は答える。

「こうした組みひも文様は十五世紀に流行したジャンルで、レオナルドも建物や家具の装飾に使うために、さまざまな図案を考えていたのだよ。これと同じ裏表紙を持つ、後半の一冊がヴィンチ村にあるはずだ。なぜなら、この古書は私がアカデミーから拝借したものだからだ。文字の並びをよく見てごらん」

たしかに文様のなかには、七つのアルファベットの並びが等間隔に配置されている。

――「ACA」「DE」「MIA」「LEO」「NAR」「DI」「VICI」。

「正式には、レオナルド・ダ・ヴィンチ・アカデミーと呼ばれる。ヴィンチ村を拠点とするレオナルドの情報を守っている組織で、今では秘密結社のような存在に変わった。四月十五日に知識人が集められるのも、アカデミーが主催するイベントの一環であり、私もかつては協力していた。非公開ゆえに謎のヴェールに包まれているが、現存するメンバーを突きとめれば、君たちの力になってくれるかもしれない」

CONSERVATOR

第二章

血筋

《最後の晩餐》

それは高さ四メートル、幅九メートルにわたる大作だった。修道院内にある食堂の入口正面の壁に、人々のはるか頭上の高さで描かれている。そのため、頑丈な足場を組まなければ筆を入れることもできない。

「少しは進んだかね？」

人の声がして、私は入口の方を見下ろす。

ミラノ公ルドヴィーコが、神妙な面持ちで立っていた。

「どうでしょうか。進んだと思うときもあれば、まったく間違った方へ向かっていると気がつくときもあります。進んでいると願いたいですね」

「そのわりに、君の口調は澱《よど》みない」

「申し訳ありません、私の癖なのです」

ミラノ公はほほ笑んだあと、「私は君を信じているが、そうではない者もいる」と遠まわしに切りだす。

なるほど、修道院長からミラノ公にまたしても催促の打診があったか。修道院長は芸術についてなにも理解していない人物だが、私はその顔が嫌いではなかった。特徴的なわし鼻の形は、時間をとってデッサンさせてほしいくらいだ。とはいえ、本人にそんなことを言えば、さらなる怒りを買うだろうけれど。

――いつになったら、うちの食堂の絵は出来上がるんだろうな。私に権限があれば、一刻も早く別の誰かに依頼する。

修道院長が陰で、そんな文句を言っているのも聞いた。彼は私に、毎日朝から晩まで庭師のように手を動かすことを期待しているようだ。芸術家と庭師は違うということを理解する人は少ない。

「なぜそんなにも、時間がかかるのかね？」

ミラノ公に問われ、壁の表面を見つめる。先週よりも絵具が壁に沁《し》み込んで、定着しているように感じる。それでも崩壊するリスクがなくなったわけではない。時間を見つけてフィレンツェの職人を訪ねるべきかもしれない。

「この作品ほど、新しい実験をしながら取り組んでいるものはありません。というのも、私はフレスコ画の技法も学んでおらず、壁に直接、絵を描いたことさえないからです。どうかご容赦ください」

私は正直に答えた。

それだけではない。壁画はおろか芸術作品と呼べるものを、私はまだ、なにひとつ残していなかった。

そもそもフィレンツェでは、すべてが失敗に終わっていた。いくら私が革新的な絵画の道を探そうとしても、新しさを追求しない保守的な職人に追い越されるのをただ横目で眺めるしかなかった。

数えきれない事業が傾き、頓挫した。その背景には、私がライフワークとする解剖学が宗教的に許されるものではなく、冷ややかな目や密告とつねに隣り合わせだったからでもあるだろう。死体を遺族から買って自宅に持ち帰ったときは危なかった。

そんな私に手を差しのべてくれたのが、このミラノ公ルドヴィーコだった。

「率直に言って、修道院長から、君が中断してばかりであまりにも筆が遅いと苦言を呈されている」

「まさか。寝食を忘れるほど集中して描きつづけていますが？」

「もちろん、そういった時期があるのは知っている。君の集中力は素晴らしい。しかし時期によっては、三、四日くらいなにも描かない日もあるだろう？　せめて完成予定期日を設けることはできないだろうか」

「申し訳ありませんが、それは致しかねます」

きっぱりと答える私に、ミラノ公は苦笑を浮かべた。

「そうか。では、降りてきて少し私と話すのは？」

「わかりました」

私は筆を置き、梯子《はしご》を降りた。


小さめながら優美なゴシック建築として名高いサンタ・マリア・デッレ・グラッツィエ教会の中庭では、小鳥たちがさえずり、春の心地いい風が吹いていた。室内の暗さに慣れていた私は、目を薄く閉じる。光と色彩の関係についても、早く研究を進めなければ。

石造りのベンチの前で立ち止まると、私の友人でもある天才的建築家ブラマンテが数年前に完成させた、ルネサンス様式の華麗なドーム型の屋根が望めた。あれほど大きな建造物のプロジェクトでさえ何年も前に終わっているのだから、修道院長が焦れるのも無理はないのかもしれない。

私はベンチに座るミラノ公の前に跪《ひざまず》き、手に口づけをした。

「あなたは私に、ご自身の結婚式の演出や、騎馬像の制作をはじめ、これまで何度となくチャンスをくださいました。だからこそ今回の壁画では、あなたの恩義に報いるときだと思っています」

「おやおや、君にもそんな意識があったとは、嬉しい発見だ」

いつものように冗談っぽく返すミラノ公に、私は真剣なまなざしを向ける。

「本気で申しあげております」

「ほう」

「ルドヴィーコ様。あなたから依頼を受けたとき、私は緊張と興奮のあまり、手が震えました。今回の作品には、これまで私が絵筆をとりはじめてから二十余年の歩みのなかで学んだことを、すべて集約させるつもりです。遠近法、人相学、新しい技法の研究……文字通りすべてです」

「しかし、これは依頼者が存在する仕事でもある」

「ええ、わかっていますが、どうか依頼者側にも、創造的活動とはどのようなものかを理解していただきたい。才能を発揮しなければならない創造者は、働いていないときほど大きな成果を得るのです。なぜなら、つねに頭のなかでアイデアと、それを実現する方法を模索しているからです」

「つまり、あえて手を止めたり、ゆっくりと進めることも必要だということかね？」

「その通りです」

ミラノ公はお手上げだと言わんばかりに、天を仰いで肩をすくめた。

私はあることを閃いて、つねに持ち歩いている手帳を取りだした。革張りの表紙で、イタリアでも最上級とされるファブリアーノで製紙された手帳だ。ページをめくると、この作品を完成するに当たっての習作が、びっしりと描かれている。

「これは……驚きだ。説明してくれるかね？」

ミラノ公は手帳を手にとると、目を丸くしながら訊ねた。

「このページには、今回の絵に登場するイエスや十二人の弟子たちの、表情や仕草をスケッチしています」

このなかに裏切り者がいる――。

そんなイエスの言葉を聞いて、弟子たちはお互いの顔を見合わせる。弟子たちの精神状態や思考を物語るような仕草を、私は緻密な構図に当てはめようとしていた。動揺する者、言い争う者、弁明する者、静かに悲しむ者。彼らは三人ずつ四つのグループにわけられる。それぞれが三角形の構図になり、主役であるイエスを囲む。イエスは空間の消失点に位置している。

「街の人を観察して描きました。これは質屋で言い争いをしていた男です。これは葬儀で泣いていた男」

「裏切り者のユダは、どれかね？」

「それが困ったことに、今のところ、まだユダのモデルは見つかっていません。ぴったりの悪党を探してはいるのですが……もしこれ以上、完成を催促されるようでしたら、いっそ修道院長の顔にしようかとも考えております」

ミラノ公は大笑いした。

「君は本当に面白い男だね。いいだろう、伝えておくよ。きっともう二度と、君の働きぶりに口を出すことはなくなるだろう」

「恐れ入ります」

頭を下げた私に、彼は真顔に戻ってつづける。

「ひょっとすると、ユダの理想的なモデルは、ずっと見つからないかもしれないね。ユダの抱えていた闇は、なんら特別なものじゃなく、あらゆる人間に内在しているから。誰しもがユダになりうる」

その一言で、私は閃いた。

「たしかに……やっとわかりました！　ユダの顔については、あえて感情を殺して闇に沈ませましょう。ヒントとして手に金の袋を握りしめさせるにとどめ、他の弟子たちよりも暗く描写することで、見る側に思い思いの顔を想像させるのです。ときに、それは自分の顔かもしれない」

「いいじゃないか」

「ええ。ユダは悲しみに暮れる者たちのグループに忍びこませます。悲しい表情がじつは演技だとわかれば、狡猾《こうかつ》さが増しますから」

私はすぐさま手帳にそのことをメモして、足早に制作場に戻った。

「おい、ちょっと――」

背後から追ってくるミラノ公の声も、気にならなかった。

ふたたび絵と対峙すると、さきほどと違ってうつった。

なんと美しい一枚だろう――。

制作途中にもかかわらず、私の目にははっきりと、完成図が見えていた。宗教画として人気の高い題材「最後の晩餐」だからこそ、末永く大勢の人に愛されるだろう。

私にとって絵を描くことは、船旅に似ている。いつも行き当たりばったりで、危険を伴うときもあるが、今回の旅は最高に魅力的なものになりそうだ。

「ところで、あれは女性ではないだろうね？」

いつの間にか追いついていたミラノ公が、不安そうな表情で訊ねる。

「あれ、とは？」

「キリストの左どなりにいる、洗礼者聖ヨハネだよ」

「まさか」

私はきっぱりと答える。「使徒に女性はおりません」

ミラノ公は安心したように「つまらないことを訊いてしまったね」と笑うと、その場を立ち去った。

静かになった堂内で、私は描きかけのヨハネを見つめる。

――あなたの名前は？

街ではじめてすれ違ったとき、目を離すことができず、私は思わず声をかけていた。幼児を連れていた彼女は、私の母に面影が似ていた。顔のデッサンをさせてほしいと頼んだとき、彼女は訝しがりながらも承諾してくれた。

私はどうしても、あの美しい顔をこの、自分にとって初の傑作となりうる絵画に登場させてみたかった。

たとえ、それが倫理的、宗教的に禁じられているとしても――。

アンドレア先生から受けとった古書のつづきを探すために、晴香とスギモトはフィレンツェ行きの飛行機に乗っていた。ルカは一足早くイタリアに滞在している。混雑した機内でとなりの席に腰を下ろし、早々とシートベルトを締めるスギモトに、晴香は気になっていたことを訊ねる。

「ルカさんについて、どう思います？」

「どうって？」

「その、ちょっと警戒した方がいいんじゃないかなって」

晴香が言葉を選びながら伝えると、スギモトはこちらを見て言う。

「つまり、疑ってるわけだな」

「そういうわけじゃないですけど」

晴香は慌てて否定をしてから、お茶を濁す。

「もちろん、ルーヴル美術館のレオナルドの専門家だなんて、競争率の高い世界で勝ち残ってきたわけですから、並外れた人だと思います。そこに疑いはないんです」

「じゃ、それでいいじゃないか」

「でもアンドレア先生のお屋敷でもたびたび感じたんですが、あんまり公平な目を持ってい

ると は言えないかなと……」

たとえば、指紋鑑定は不確かなものだと告げられたときの反応。がっかりする気持ちはわかるが、晴香は内心、指紋鑑定の結果よりも彼のレオナルドにかける情熱の方に驚いてしまった。

よく考えれば、アンドレア先生に《大洪水》らしき素描について打ち明けたのも、こちらへの相談はなく、ルイーズにさえ報告していない様子だった。単に人と仕事をするのが不得手なのかもしれないが、別の理由が頭をよぎる。

アンドレア先生であれば、自分にとって都合のいい口添えをしてくれるだろうという真意があったのかもしれない。

さらに斜に見るなら、ルイーズがわざわざ館外の者であるスギモトを呼んだのも、ルカの言動を監視させるためかもしれない。あの素描を清掃員から受けとったのはルカだ。ルイーズに報告して実物を見せる前に、なんらかの工作は可能だった。

あれが本当に、ルーヴル美術館の地下収蔵庫から見つかったものだと、どうして断言できるだろう――。

「心配性だね」と、スギモトは欠伸《あくび》をしてつづける。「いずれにしても、レオナルドの真作が見つかった方が聞こえはいいじゃないか」

スギモトが言っていることの意味がわからず、晴香は何度か瞬きをした。

「聞こえがいいって？」

「俺たちの株も上がるってことさ」

「……もしかして、ルカさんに賛同するわけですか」

「そうだよ。むしろ、彼とは利害が一致する」

冗談で言っているのだろうか――。

しかしこちらを見るスギモトの目には、なんの意図もなさそうだ。

「なに言ってるんですかっ、駄目ですよ！　利害で動くなんて幻滅します。コンサバターとして大切なのは公平な目で判断することです。真作じゃなかったとしても、その事実を受け入れなくちゃ――」

「しかし協力は、人類の美徳だよ」

「もしや、スギモトさんもすでに、レオナルドの真作を探しだすという夢に囚われはじめているわけじゃないでしょうね？」

「ほう。そう思うかい？」

「こっちに訊かれても！」

やがて飛行機は離陸態勢に入った。

さまざまな疑惑が晴香の脳裏をかすめるが、いつも通り、煙《けむ》に巻かれたままスギモトとの会話は終わった。

フィレンツェまでは二時間弱で到着した。窓から見下ろすと、赤茶色い屋根の街並みが明るい陽射しの下で色鮮やかに輝いていた。

晴香はスギモトとともに、必要最低限のもの以外の荷物を先に駅に預けてスリ対策をとり、街に繰りだす。

指定された駅前の待ち合わせ場所である時計台の下には、ルカの姿があった。

「やぁ、ようこそイタリアへ」

ルカはイタリア系の家に生まれ、父がフィレンツェ出身のため、幼い頃から何度も訪れていたという。パリで会うよりも、リラックスしている様子だ。晴香はさっきまでルカのことを疑っていたものの、フィレンツェの優雅な空気に浮足立っていることもあり、今はいったん余計な考えは脇に置いておくことにした。

「ヴィンチ村への電車の時間までまだ少し余裕があるから、街中でランチでもどうかな」と、ルカは言う。

「いいね。おススメは？」と、スギモト。

「じゃあ、今日は天気もいいし、中央市場に行こうか」

ルカはそう提案すると、大通りに向かって歩きはじめた。フィレンツェの駅は看板もなにもないミニマルな造りの建物だが、一歩街のなかに入りこめば、壁や窓のデザインが統一された、可愛らしく歴史情緒がただよう景色になる。

狭い路地を曲がるたびに、遠くの方から大聖堂のドゥオモが顔を出して、ここがかつてイタリア・ルネサンスの中心地であったことを実感する。この「花の都」で、いち早くルネサンスが花開き、レオナルドをはじめミケランジェロやラファエロといった巨匠が活躍したのだ。

やがて、なめした革に特有の香りがただよってきて、さまざまな露店がずらりと並ぶ通りに出た。主に鞄やベルトなど、色とりどりの革製品を扱った店が軒をつらね、他に、お土産を売っている店もあった。

目的地である中央市場は、〝フィレンツェの台所〟とも呼ばれる場所らしい。食料が売られた一階には、海と山に囲まれたトスカーナ地方らしく、海産物のとなりにイタリアの松茸《まったけ》と称されるポルチーニやオリーブオイルなどの特産品が売られていた。

フードコートになった二階に上がると、郷土料理の店が目立った。

「これは？」

晴香が指したのは、わけても食欲を誘う香りをただよわせる店である。

「それはランプレドットの店だよ」

ルカの答えに、スギモトは「ああ、かの有名な」と納得する。

訊けば、ランプレドットとは、フィレンツェの有名な伝統料理であり、もつ煮込みのようなものらしい。ここでは、パニーニに挟んで売られている。スギモトが好きそうだな、と思っていると案の定、嬉しそうに列に並んでいる。晴香も興味をそそられ、うしろで待つことにした。食べてみると、適度なピリ辛に味付けられたB級グルメで、大満足のボリュームだった。食後にはジェラート屋でマスカルポーネ味のジェラートを入手する。

「いやはや、なんのためにイタリアに来たんだか」

呆れた視線を向けるスギモトに、晴香はすまし顔で答える。

「スギモトさんこそ」

中央市場を出ても少し時間が残っていたので、アルノ川近くのヴェッキオ広場と、その周辺にあるサンタ・マリア・デル・フィオーレ大聖堂をひやかして歩いた。高さ八十メートル以上あるというジョットの鐘楼に上ってフィレンツェの街を見渡してみたかったが、さすがにその時間は残されていなかった。

フィレンツェにやって来て、ウフィッツィ美術館の《ヴィーナスの誕生》や、他ならぬレオナルドの《受胎告知》、さらにはアカデミアにあるミケランジェロの《ダヴィデ像》も見ずに去ってしまうのは、あまりにも名残惜《なごり》しかったが、帰路にまたチャンスがあることを願って、晴香はうしろ髪を引かれる思いで駅に戻った。

午後三時近くになって、一行はフィレンツェの駅から三十分ほど西に向かって電車に揺られ、バスを乗り継いで三十分弱移動した。やがてオリーブ畑に囲まれた田舎道をひた走ったあと、商店や宿の並んでいる村の通りに到着した。

「やっと着きましたね」

「案外、小さいんだな」と、スギモトもはじめてやって来たらしい。

フィレンツェの人口が約三十八万人なのに対し、レオナルドの故郷であるヴィンチ村の人口は一・五万人に満たないという。レオナルドはそんな田舎町から、さらに数キロ離れたアンキアノという地域の、丘の上の小さな民家でひっそりと生まれた。

時間があったので「生誕の地」を訪れてみると、レオナルド・ダ・ヴィンチの小さな博物館になっていた。

「〝深い愛情に満たされ、双方が望んだ性交によって生まれる子どもは、多いなる知性と機知に恵まれ、快活で愛すべき者となる〟」

ふいにスギモトが呟き、晴香は「レオナルドの言葉ですね」と肯く。

レオナルドは、公証人として当時村のエリートだった父と、百姓の娘だった母とのあいだに婚外子として生まれた。五歳までは母のもとで育ったが、別の相手と結婚した父が跡継ぎに恵まれなかったため、そのあと長らく父の実家で暮らした。

当時とくに貴族階級では、私生児であっても差別されることは少なかったといい、おかげでレオナルドは堂々と育てられた。それでも、本当の家族とは言えない点もあり、つねに疎外感は付きまとったのだろう。

学校に通わせてもらえなかったレオナルドが教材にしたのは、ヴィンチ村に溢れる自然だった。十四歳でフィレンツェにあるヴェロッキオの工房に弟子入りするまで、レオナルドは独学でさまざまな知識を身につけた。

いいように捉えれば、逆境をバネにして観察眼や洞察力を身につけ、おまけに芸術家への道を阻まれずに済んだとも言える。だが、それもレオナルドのたぐいまれな才覚と努力のおかげだった。

晴香は巨匠の人生について考えを巡らせながら、乾いた風が吹き抜けるヴィンチ村の素朴な景色を眺める。

高い建物はほとんどなく、中世の街並みをそのまま残した田舎町で、遠くには緑深い山々の稜線がつづき、ゆるやかな斜面にはオリーブやブドウの畑が一面に広がっている。丘の上からは、フィレンツェにも流れていたトスカーナ地方を代表する河川、アルノ川の渓谷を望めた。

今は穏やかで水量も少ないが、先日アンドレア先生を訪ねたときの大雨は、ヴィンチ村で局所的豪雨となっていたらしい。たしかに低いところの道には、まだ堤防用の土嚢《どのう》が残されていたり、泥やゴミが乾いた状態で放置されていたりと、被害の甚大さが窺えた。

翌朝、晴香とスギモト、そしてルカは、アンドレア先生から「村やレオナルドの資料ならここにある」と聞いていた、ヴィンチ村のはずれの丘にあるサン・ジョバンニ図書館に向かった。

「古い修道院を改装した図書館でね」

何度も訪れたことがあるというルカが説明する通り、建物は赤や白や黄色といったカラフルな石で装飾され、幾何学的なデザインだった。十字架のついた高い尖塔があり、入口の上部では浮彫彫刻が聖書の内容を伝えている。

「レオナルドもこの修道院で祈ることがあったんでしょうか」

「おそらくね」と、ルカは肯く。

館内の廊下は、祈りを捧げるための祭壇画や、小さな窓に埋めこまれたステンドグラスなど、さまざまな美術品で溢れていた。

受付にいた女性に、ルカがイタリア語で声をかける。彼女は図書館の司書だといい、胸元に「ソフィア」という名札が見えた。しかし会話の途中から、なぜかルカの表情が曇りはじめた。

「困ったな……今、書庫にある資料の閲覧はできないらしい」

ルカは晴香たちに報告する。

「どうして？」

「このあいだの大雨で、アルノ川が氾濫した。ここも蔵書を保管している地下室が浸水したんだそうだ。だから今は、開架の資料はかろうじて見られるけれど、それ以外は整理しきれていないって」

「そんな」

事前に確認したときは、館内の見学はできると聞いたが、まさか肝心の書庫が閉まっているとは。

「ここには美術品や、建物の見学を目当てにいらっしゃる方が多いので開館はつづけているのですが、蔵書の閲覧はいつから元通りにできるかわからないという状況です」

なんでも、もともと修道院を改装したサン・ジョバンニ図書館は、比較的高い丘の上に位置しているが、あまりに雨が降りつづいたせいで排水がつまり、天井や地下から水漏れがして、あっという間に浸水してしまったのだという。

がっかりする一方で、コンサバターとしては蔵書の被害がどのくらいひどいのかが気になる。なにか力になれることはないか。スギモトも同じことを思ったらしく、眉をひそめてルカに訊ねる。

「水害にあった資料は、応急処置はしてるのか？」

「さぁ、そこまでは」

ルカが肩をすくめると、代わりにソフィアが英語で答える。

「せっかく来てくださったのに、申し訳ありません。じつは修復の作業も、まったく追いついていない状況です。私たちの準備不足のせいなのですが、水に濡れた本を修復するための技術も知識も足りないので、試行錯誤を重ねながら対応しています」

「そうですか……それは大変ですね」

晴香は胸が痛くなったが、ただの訪問客という立場では、そう声をかけることしかできない。

「今は地元民からボランティアを募って、少しずつ地下室の掃除をしています。あ、彼女もその一人ですよ」

ソフィアが視線をやった先に、十代半ばくらいの快活そうな少女が立っていた。

ゴム手袋を嵌《は》めて、掃除用具を抱えている。スタッフの女性から声をかけられると、やりとりをして廊下へと去っていく。

「こんな状況ですが、お訊ねしたいことがありまして」

ルカは名刺を取りだす。

「まぁ、ルーヴル美術館のキュレーターでいらっしゃるんですか？」

目を丸くするソフィアに、ルカは簡単にことの経緯を説明した。

レオナルド・ダ・ヴィンチの作品を調査するに当たって、恩師からここにあるはずの資料について教えてもらったこと。その資料には、組みひも文様らしき装飾がなされているはずだということ。

しかし説明を聞いても、ソフィアは「さぁ、知らないですね」と、首を傾《かし》げるばかりだった。

ルカはしばらく食い下がったが、そもそも蔵書が見られない以上、調べる手立てはなさそうだった。こうして話しているあいだにも、地元のボランティアだという人たちが何人か忙しそうに行き交い、ソフィアは彼らの対応をする。

切羽詰まった状況を察して、さすがのルカも諦めたらしく、図書館を出ていこうとしたとき、スギモトが司書に声をかけた。

「僕たちにできることがあるかもしれません」

「できること？」と、ソフィアは戸惑ったように訊ねる。

「じつは僕たちはコンサバターなんです。水に濡れた書籍や紙の資料をケアするやり方を知っています。状況を見せていただければ、必要な処置の助言ができます。あるいは、作業を手伝えるかもしれない」

ソフィアは表情を明るくして、「本当ですか」と声を大きくした。「じつはフィレンツェの図書館や行政にも修復作業の応援を頼んでいるのですが、うちよりも大きな施設で被害に遭ったところがあって、人手が足りていないようなんです。専門的な知識がある人となれば尚更です」

「きっと力になれますよ」

ソフィアを安心させるように答えると、スギモトは晴香の方を見て言う。

「予定を変更しよう」

「えっ？」

「ここで被害に遭った資料を救いだす」

「かなり急ですが……」

「コンサバターが最優先すべき仕事は、災害に遭った作品の修復だ」

思い返せば、この男はなんやかんや言っても、困っている人を助けずにはいられないタイプの人間だった。それにスギモトが言う通り、災害に遭った作品のケアは、経年劣化などに比べれば一刻を争う。

晴香の心は決まった。

「そうですね、ぜひ手伝わせてもらいましょう」

とはいえ、見せてもらった地下の書庫は、無残な状況だった。

水損に遭った書籍は、いまだ手付かずで棚から崩れるように放置されている。難を逃れた書籍も、少し高い場所にシートを敷いて、無造作に平積みされた状態である。長い年月をかけて守られ蓄積されてきた歴史でも、一度の水害によって瞬時に破壊されてしまうことを実感する。

「これは一日やそこらじゃ終わらなそうだな」

「ですね」

スギモトと晴香は改めて、ヴィンチ村にもう少し滞在することに決めた。一方、ルカは先にパリに戻ることになった。ルーヴル美術館の仕事があると言っているが、ヴィンチ村ではこれ以上の収穫はないと判断したのかもしれない。

数日かけて、晴香とスギモトは地下室で傷んだ書籍の救出作業に集中した。

まずはじめたのは、図書館の職員や手を貸してくれているボランティアに、マニュアルを渡すことだった。それは資料の避難手順などを示したもので、災害の多い地域など、防災意識の高い施設で共通のマニュアルとして使われている。

つぎに、必要なものを準備してもらった。不織布、タオル、ポリ袋などはあるが、他にもピンセット、耐水紙、エタノールなどをそろえた。また、修復にとりかかるまでは、濡れた資料を冷蔵庫に入れて、カビの繁殖や腐敗を防ぐように頼んだ。

そうして実作業にうつり、濡れた部分にペーパーを挟んで乾かしながら、どの本がどのようなダメージを受けているのかを一斉に仕分けしていった。インクが滲んだもの、ページをめくれないほどびしょびしょに濡れているもの、本の新旧や製本の具合によって状態はさまざまだった。

結局のところ、濡れてしまったのは、全体の一割に当たる郷土資料が主だった。そのうち深刻な被害を受けたものから、スギモトが適切な処置をしていった。

「本は美術品とは違って、手で触ってページを開くものだから、今後くり返し使われても十分耐えられるように、補強をしてあげなきゃいけない」

　スギモトはそう言って、最低限の処置にとどめることでオリジナルの風合いを尊重しながらも、つぎつぎに古い本をよみがえらせた。

　数日経った頃には、作業がスムーズに進むようになった。段取りがついていくと、簡単なケアであればボランティアでも取り組めることがわかり、全員が協力をしながら、手際よく作業を進めていった。その様子を見ながら、晴香は防災や減災の大切さを実感する。人手やお金をかけなくても、いざというときに必要な予防をすれば十分なのだ、と。そのためには、日頃の心構えが欠かせない。

　図書館職員たちも、スギモトを信頼しはじめているように見えた。

　その日の夕方、一冊の本を持って、一人の職員がスギモトのもとに現れた。

「あの、じつは以前から、コンサバターに相談したかったことがあるんですが、いいですか？」

「どうぞ」

「この写本についてです」

　その職員が見せてきたのは、ヴィンチ村でも最重要の写本として知られる一冊だった。聖書の内容が描かれながらも、ヴィンチ村の歴史も随所に記されていることから、この図書館では長年大切に保管してきたという。

「ただ、経年劣化が激しく、そのうえ、先日の大雨でさらに具合が悪くなったようです。なんとかこの一冊だけは持ちだしたんですが、見ていただけないですか？」

「もちろん」

幸いにして、状態はさほど悪くはなさそうだった。スギモトは一日かけて、乾燥とともに染みやカビができないように薬品で洗浄をし、割れていた背革をつけ替え、類似した色の革を見つけてきて再製本を行なった。

たった一日で見違えるように新しくなった写本を見て、図書館の職員たちは涙を流さんばかりに感激していた。

「大雨の被害に遭って、ずっと落ち込んでいましたが、おかげで励まされました。本当にありがとうございます」

晴香はスギモトの横で彼らの反応を見ながら、コンサバターとしてやれることは世界中にたくさんあるのだと実感する。有名な美術品を扱うことがすべてではない。コンサバターを必要とする人や作品は、もっと別のところにもある。

そのとき、司書のソフィアと目が合ったが、すぐに逸らされた。

「どうかしましたか？」

訊ねたが、ソフィアは穏やかな笑みを浮かべて「いえ、本当にありがとう」と答えるだけだった。

その頃になると、晴香は何人かのボランティアと仲良くなり、そのうちの一人が、はじめてこの図書館を訪れたときに出会った、十代半ばのカテリーナだった。

カテリーナは物怖《ものお》じせず、疑問に思ったことはなんでも訊ねてくる好奇心旺盛な性格だった。午前中は地元の学校に通っているので、姿を見かけないが、昼過ぎになると必ず図書館に現れた。

ソフィアはヴィンチ村で生まれ育ち、海外で暮らした経験はないらしいが、流暢な英語をしゃべることができた。

「お手伝いしに来て、偉いね」

晴香がそう声をかけると、カテリーナは当たり前の顔をして答える。

「ここにはよくお世話になってるから」

「へぇ、本が好きなの？」

「うん」

訊けば、カテリーナは絵本や童話はとっくに卒業し、大人の晴香でも難解そうな科学や数学に関する専門書を読んでいるらしい。そして本人は、それを特別なこととは思っていない節があった。

「レオナルド・ダ・ヴィンチは死ぬ前に、《大洪水》の絵を何枚も描いていたって、知ってた？」

カテリーナはレオナルドの芸術にも関心があるらしく、豊富な知識を備えていた。あの素描についての話題が出るとは思わなかった晴香は、目を丸くしながら肯く。

「うん、そうだね」

「どうしてあんな絵を描いていたのか、ハルカさんは知ってる？　レオナルド自身も大洪水に呑みこまれそうになったことがあるのかな。アルノ川は一九六六年にも大規模な氾濫を起こして、フィレンツェの街を水浸しにしたんだって。このあいだの大雨でも、私の家は浸水しなかったけれど、友だちの何人かは今も避難所にいるんだ。怖いよね」

カテリーナは心配そうな顔でそう語った。

「私が生まれた日本も、よく水害が起こるから、そういう怖さはよくわかるよ」

「そうなんだ？」

「うん。だからコンサバターになってよかったって、改めて思ったよ」

「コンサバター？」

「修復する人たちのこと」

「あのおじさんも、そうなの？　あの人、カッコいいよね」

おじさんだなんて、スギモト本人の耳に入ったら怒るのではないかと苦笑しながら、晴香は「そうだよね」と答えた。

＊

コンサバターという言葉を聞いたとき、カテリーナは魅力的な響きだと思った。実際、濡れてしまった本や汚れた美術品を、美しくよみがえらせていく二人は、お医者さんのように頼りになる存在だった。とくに男の人の方に対しては、初恋はまだだけれど、ちょっとときめいた。

でも司書のソフィアは、二人のことをまだ信頼していないようだ。家に帰ろうと挨拶すると、ソフィアから呼び止められた。

「今日、あの修復士の人たちとなにを話してたの？」

怒ったような言い方に、カテリーナは面食らった。

「別になんでもないことだよ。レオナルド・ダ・ヴィンチの作品のこととか」

「あの人たち、なにか言ってた？」

「だから、特別なことは話さなかったってば」

ソフィアは納得のいかない様子で、「そう」と答えた。

「ああいう人が、この村にもずっといてくれたらいいのにね」

カテリーナが何気なく言うと、ソフィアは顔色を変えて答える。

「たしかに、あの二人が来てくれて助かった面もあるけれど、ヴィンチ村を守るのは私たちの役割だからね。むしろ、ここにはいろんな人が来るから、用心しなきゃいけないわ。ところで、カテリーナ。大雨のあと風邪が流行っているみたいだから、帰ったら手洗いとうがいをしなさいよ」

ソフィアは昔から、とても慎重な人だった。母とは同年代なので親しく、カテリーナにとっては第二のお母さんのような存在だ。近くに住んでいるうえに、ソフィアにも息子がいるので、母とは子育てを協力しあっていた。

とくにカテリーナの母が入院してからは、ソフィアが母親代わりだった。だからカテリーナもソフィアの言うことに従っているが、「コンサバターの二人をあまり信頼してはいけない」という意見には不服だった。

そもそもヴィンチ村は小さな場所だ、と帰り道を歩きながら、カテリーナは考える。レオナルド・ダ・ヴィンチのおかげで観光客は多く、表向きにはオープンに思えるが、保守的な人ばかりだ。歴史があるゆえに、移住してきた人には冷たい面もある。

カテリーナは、代々ヴィンチ村に暮らす家に生まれたが、それでも窮屈に感じるときがあった。科学の好きなカテリーナからすると、迷信じゃないかと疑うような言い伝えやルールもたくさんあるのだ。

たとえば、カテリーナの実家は、トスカーナ地方の名産品のひとつであるオリーブとブドウの広大な畑で農業を営んでいる。畑には立派な栗の大樹があり、樹齢五百年以上らしく、地域の「ご神木」だと崇められている。

また、敷地の横に古くから伝わるワインセラー用の納屋があって、子どもの頃から、神聖な場所なので近づいてはいけないと釘をさされていた。他にも、四月十五日の「レオナルドの日」には、カテリーナの家に続々と人が集まってくるのだが、子どもは早く寝るように言われるので、行事の全容をいまだに知らなかった。


その夜、父と食卓を囲んだ。

「今日はどうだった？」

いつものように父に訊ねられ、カテリーナは簡単に報告をした。

「へぇ、修復士と出会ったのか」

「うん。お姉さんの方は、優しくて話しやすい人だった」

おじさんの方に少しときめいたことは言わないでおく。

そもそもカテリーナは直接スギモトと話しておらず、遠目に眺めるだけだった。服装など身につけるものが都会的に洗練され、テキパキと周囲に指示をする頭のよさそうな振る舞いが素敵だった。明日は勇気を出して、話しかけてみるのもいいかもしれない。

「ねぇ、お父さんも明日、一緒にボランティアに参加したら？　私も今日、いろんなことを教えてもらったよ」

「そうだな。考えてみるよ。どんなことを教えてもらったの？」

「修復士は単に作品を直すだけじゃなくて、額装や補強もするんだって。紙の作品は厚紙で簡単に破れないようにしてくれるんだ。それで、お母さんが描いた水彩画も、きれいにしてもらおうと思うの」

母は絵を描くことが趣味だった。日頃から、よくスケッチに出かけている。図書館に母娘で訪れたときも、母はたいてい画集を見ていた。

カテリーナの提案が唐突だったらしく、父は眉を上げた。

「どうして？　お母さんが帰ってきてからにすればいいのに」

「帰ってきたときに驚かせたいんだよ」

カテリーナの母は、しばらく前からローマの大きな病院にうつって手術を受ける予定だった。そこまで難しくない手術だとお医者さんは言っているが、カテリーナは日々心配でならない。母のために自分ができることがあれば、なんでもしたいという気持ちでいる。

「わかった。じゃあ、お願いしてみたら？」

「ありがとう！」

食事のあと、カテリーナは母の部屋に向かい、母が描きためているスケッチを整理することにした。スケッチの保管場所はあらかじめ確認してあった。書棚に立てかけられた大きめの画板に、何枚かがまとめられている。

一枚ずつ手にとって眺めていると、そのあいだに挟まっていた一枚の紙がぱらりと落ちた。手紙のようにも、日記のようにも見える。内容を読んで、カテリーナはその場から動けなくなった。

＊

図書館から目と鼻の先にある宿泊先は、一階がバールになっていて、店員や旅行客の顔見知りも何人かできていた。

「ここの朝食ともお別れなんて、寂しいですね」

スギモトと向かいあって座りながら、晴香はしみじみと呟く。

地産のハムやチーズ、ルッコラを焼きたてのパンではさんだパニーノを、本場のカプチーノと一緒にいただく。ロンドンを離れてかれこれ何ヵ月も経ち、国際色豊かな街の雰囲気が恋しい反面、大陸に来てからの方が食生活は充実していた。

とくに、イタリアでサンドイッチを意味するパニーノは、なぜこれほど美味しいのだろう。具材だけでも十分に美味しく、パンと互いに引きたてあっていて、焼いてもらうと、チーズがとろりと溶けてまた違う味を楽しめるのも魅力だ。

「モレッティおじさんでも注文するかな」

そう言って、カウンターでビールを注文しはじめたスギモトに、晴香は啞然とする。

「もう飲むんですか」

瓶のラベルにボルサリーノ帽子に口髭《くちひげ》を生《は》やしたスーツ姿のおじさんが描かれたモレッティ・ビールを片手に戻ると、スギモトは当たり前の顔で答える。

「こんな日に飲まないでどうするんだよ。図書館の修復も、俺たちができることはほぼ終わった。天気もいい。最高の休日のはじまりじゃないか」

「まぁ、そうですけど」

ビールを飲むスギモトの視線を追って、窓の外を見やる。

この日も晴れわたった青空の下で、濃い緑色の糸杉が陽に照らされていた。

ヴィンチ村に滞在して一週間が経ったところだ。当初は、これだけでは足りないかもしれないと心配していたが、もう十分、図書館の修復作業にも目途がついた。いよいよ明日、パリに戻ることになり、夕方にフィレンツェを発《た》つ飛行機のチケットを予約している。

「今日はなにして過ごすんだ？」

「そうですね。フィレンツェに早めに行こうかとも思いましたが、まだ迷ってます。せっかくだから、村をゆっくり散歩するのもいいですし、ピサまで足を延ばしてトスカーナ近郊の観光地を巡るのもいいなって」

「なるほど。俺は一日、この村でトスカーナの陽気を楽しもうかな」

「飲み過ぎないでくださいね」

「了解」

スマホで旅行者向けのサイトを検索していると、メッセージが一通届いた。図書館のボランティアで仲良くなったカテリーナからだった。

「カテリーナから連絡がありました。私たちに見せたいものがあるそうです」

「図書館で？」

「そういうことだと思います。ということで準備をお願いします」

「君に連絡があったんだから、きっと君だけで十分さ」

「でもメールには、コンサバターのお二人に見せたいって書いてあります」

晴香がスマホを差しだすと、スギモトはじっと画面を睨んだ。

「ひとまず見るだけ見るけれど、あとは君に任せる。いいね？」

渋々といった表情のスギモトに、晴香は「わかりました」と答えておいた。

図書館の入口で待ち受けていたカテリーナから、「わざわざ来てもらって、ありがとうございます」と最初に頭を下げられた。

「俺たちが今日ここに来ない予定だったのは承知のうえか」

スギモトがぼそりと皮肉っぽく呟くが、カテリーナには聞こえなかったのか「え？」と訊き返され、晴香は慌てて「大丈夫、今日は予定がなかったから」と答える。

「コンサバターってどんな絵も素敵に飾れるようにしてくれるの？」

「マウンティングのことかな」と、晴香は少し考えてから答える。

「そう、それ。じつは相談したいことがあって」

その場で見せられたのは、十枚ほどの水彩画だった。風景を描いたものが一番多く、鳥や木をモチーフにしたものの他、見覚えのある名画の模写もあるが、いずれもなんの変哲もないスケッチだ。

はじめは流し見ていたスギモトだが、何枚か見るうちに目の色が変わった。

「どうしました？」

スギモトはその問いには答えず、代わりにカテリーナに訊ねる。

「これは誰が描いたものかな？」

「うちの母です。じつは、母は今ローマの病院で手術を受けています。しばらく前に病気がわかって入院していたんです。母の趣味は絵を描くことで、家に帰ってきたときに、素敵に飾って見せてあげたい。だから二人から、やり方を教わりたいの」

そこまで話したあと、カテリーナはなにかを言い添えようと口を開いたが、そのまま黙りこんだ。

「よかったら、私がやり方を教えながら、マウンティングしてあげるよ」

「ありがとう」

カテリーナはスマホを出して操作したあと、こちらに掲げた。画面のなかには四十代くらいの女性がカテリーナと並んで笑っていた。二人とも幸せそうに見えて、カテリーナの心配はいかほどだろうと心が痛んだ。

かけるべき言葉を探していると、スギモトが先に伝えてくれる。

「お母さんの手術がうまくいくといいね」

すると、スギモトの真剣な表情に、カテリーナは驚いたように目を見開く。

「本当は私、お母さんと喧嘩してたの」

カテリーナの目から大粒の涙がこぼれ落ちた。

「そうなの？」

「うん。些細なことがきっかけで口をきかないうちに、お母さんの具合が悪くなって、ローマの病院に入院することになっちゃった。お母さんの体調が悪くなったのも、私のせいかもしれない。だから、どうしてもお母さんに謝らなくちゃいけないんだ。そのきっかけに、この絵を家に飾っておいてあげたいの」

ずっと一人で悩んでいたらしく、カテリーナはひと思いに打ち明ける。

そう、とスギモトは穏やかな声で呟いた。

「いくつか訊いても？」

「はい」と、カテリーナはしゃくりあげながら肯く。

「お母さんは、どうしてこの絵を描いたんだろう？」

「どうしてって……？」

「レオナルド・ダ・ヴィンチのことを、お母さんは調べていなかったかい？」

えっ、とカテリーナは戸惑いの声を上げた。

思いがけない方向に話が転んだので、晴香はスギモトに「どういうことですか」と訊ねる。

「少し込み入った話になりそうだから」

スギモトはそう言って、二人を図書館の談話室へと誘った。


談話室はグループでの話し合いやちょっとした会議に使用できる部屋で、誰でも借りられるスペースだった。といっても、修道院を改装した図書館だけあって、石造りの壁や年季の入った木製のテーブルは、つい先日まで修道士が写本をしていた勉強部屋のような趣がある。

「たとえば、この鳥はキツツキだ」

スギモトはスケッチの一枚を手にとり、一番上に重ねた。頭とお腹の下の端の方が赤く、あとは黒と白の模様になった鳥が描かれている。しかも地面に対して垂直になった木の幹に、まるで直立するようにとまっている。

「キツツキと、レオナルドがどう関係するんです？」

晴香が訊ねると、スギモトは答える。

「レオナルドは君も知る通り、メモ魔だった。絵や図だけではなく、その日の『やることリスト』もノートの端の方にメモしていた。そのなかのひとつに、〝キツツキの舌を描写せよ〟というメモがある」

「キツツキの舌？」と、晴香は眉をひそめて訊ねる。

「じつはキツツキの舌というのは、くちばしの三倍もの長さに伸びるんだ。使わないときは奥に引っ込んでいて、頭蓋骨の周囲をぐるりと一周しているわけだよ。ちなみに、どうしてそんなに長いかというと、木肌から虫を掘りだすだけでなく、脳を保護する役割がある。キツツキがくちばしで木をつつくとき、人間だったら一撃で脳震盪《のうしんとう》を起こすほどの力が加わるからね。舌はいわば緩衝材として、衝撃から頭を守っているんだ。舌の先は矢じりのように鋭く昆虫を――」

「待ってください。つまり、キツツキはダ・ヴィンチにとって、好奇心をそそる対象だったということですね？」

放っておけば、スギモトはいつまでも解説しそうな勢いだ。キツツキの生物学的な特質は気になるが、今はカテリーナの母親が描いたスケッチに、どんな秘密が隠されているのかを探るのが最優先だ。

「そういうことだよ。他にも、これを見てほしい」

おそらくヴィンチ村を描いたのであろう風景画だ。町全体がポストカードくらいの大きさにおさめられ、土産物屋に売っていそうな、ありふれた構図で描かれている。

「これは、ヴィンチ村だよね」と、カテリーナはスギモトに言う。「母はここで生まれ育ったから、普通だと思うんだけど」

「肝心なのは、どこから見た景色かということだ」

少し考えるように絵を見つめてから、カテリーナははっと顔を上げて、スギモトの方を向く。

「ひょっとして、アンキアノの方？」

「その通り。この村から約三キロ離れたアンキアノには、レオナルド・ダ・ヴィンチの生家があるとされる。この村に来た初日に、われわれもその丘に足を運んでみたが、そこから見た景色にそっくりだ。おそらく君のお母さんは、そこからヴィンチ村をスケッチしたんだろう」

スギモトがそのときに撮影した写真を見ると、季節は絵の方が冬とはいえ、木々の並びや山の角度などは少しも違わない。

スギモトはさらに、別の一枚を並べた。

「これは同じく風景画だが、この景色が見えるのは、ヴィンチ村のなかでもレオナルドが育った、公証人をしていた父ピエロ・ダ・ヴィンチの家があった場所からだ。実際、レオナルドは二十一歳のときに、フィレンツェにあったヴェロッキオの工房から帰省して、実家から見える風景を描いている。それがまさに《アルノ河渓谷》だよ。レオナルドはいくつかの地点から見える景色を編集して描いたとされるが、最新の研究では、主に実家の近くでスケッチをしたのではないかと特定されているからね」

フィレンツェから戻ったとき、慣れない都会生活に疲弊していたレオナルドは、久しぶりの故郷の人々との時間に心を癒されたという旨を記している。故郷の人たちの精神的な支えがあったからこそ、ヴェロッキオの工房で《キリストの洗礼》や《受胎告知》といった傑作を仕上げることができたに違いない。

「ただ、これだけは、レオナルドとのつながりを思いつかない」

スギモトが指したのは、高さが十数メートル近くありそうな巨大な樹木だった。

ずいぶんと樹齢の高そうな木だ。枝葉も勢いよく伸び、遮るもののない大草原に根を張って、日の光を浴びている。

「栗の木でしょうか？」

晴香が呟くと、カテリーナが「これはね」と、ほほ笑みながら手にとる。

「この村で一番古い木で、樹齢五百年以上の大切な栗の木なの。うちの母は、ご神木って呼んでいて。お願い事があったら、この木の下に行って手を合わせていたわ。あ、ここから近くにあって、閲覧室の窓から見えるんだけど、覗いてみる？」

「いいね、せっかくだから見にいこうか」

スギモトが肯き、カテリーナにその窓まで案内してもらうことになった。


サン・ジョバンニ図書館は、窓がそれほど多くはなかった。

背の高い書棚が並んでいる静かな空間を進んでいくと、奥の方から自然光が控えめに漏れてくる。格子の嵌められた縦長の窓で、灯り取りのような役割だった。

「どれどれ」

外を覗くスギモトのとなりで、晴香も目をこらす。

丘の上に位置する図書館から、ちょうど下り坂になった平原を望むことができ、一キロほど離れたところに一本の栗の木がそびえている。

「あれですね」

「母はよくこの窓から景色を眺めてたの」

なるほど、と呟いてふり返ったスギモトが息を呑むのがわかった。

視線を追うと、窓とは反対側の壁に、レオナルドがミラノの修道院の食堂に描いた傑作

《最後の晩餐》のレプリカが飾られていた。

「どんな偶然も、いくつも重なれば必然になる。裏側には必ず誰かの作為があり、意味が隠されている」

独り言のように語るスギモトに、晴香は肯く。

「コンサバターの心得ですね」

「まさに、この図書館は必然だ」

わかるように説明してくれないだろうか、と焦れながら晴香は訊ねる。

「この窓と、《最後の晩餐》になにかつながりが？」

「ああ。まず、この図書館の名前は？」と、スギモトに問われる。

「サン・ジョバンニ図書館です」

「ジョバンニとは、イタリア語でヨハネを意味する。洗礼者ヨハネだよ」

そう言ったあと、スギモトは《最後の晩餐》の中央近くを指した。

彼が示しているのは、遠近法にもとづいて描かれた画中の室内の、ちょうど消失点と重なるところにいるキリストではなく、その左どなりで項垂《うなだ》れて目を閉じる人物――洗礼者ヨハネだった。

「改装される前の修道院にちなんだ名前だと思っていたが、じつは違った。元よりこの図書館に来たときから、俺は複数の引っかかりがあってね。たとえば、内装。この図書館にはレオナルドの複製が三つ飾られている。修業時代に師ヴェロッキオの工房で手伝った《キリストの洗礼》と、晩年に描いた《洗礼者聖ヨハネ》と、この《最後の晩餐》。いずれもヨハネが登場する作品ばかりだ」

「たしかに、そう言われれば……でも偶然では？」

「いや、違う。なぜなら入口には、ラファエロの《美しき女庭師》があるからだ。あれはルーヴル美術館では現在、《聖母子と幼き洗礼者聖ヨハネ》という題名で展示されている。つまり、ヨハネの幼い頃を描いた絵画だ。ここまで偶然が重なると、誰かが作為的にメッセージを込めている」

晴香は動揺を抑えながら、疑問を整理する。

「どうしてこの図書館には、そこまで洗礼者ヨハネにまつわるものが集められているんでしょう？」

「館内にある数々のヒントのなかでも、もっとも重要なのが、この窓の向かい側にある《最後の晩餐》の洗礼者ヨハネだと考えられる。村の大切なご神木を眺められるように、わざわざこの位置に飾っているわけだからね。そこでひとつ思い出されるのが、このヨハネは、じつは女性をモデルにして描かれたという最近の学説だよ」

「女性を？　聖職者なのに、ですか？」

「ああ」

スギモトは、原寸よりも半分以下に縮小されたレプリカの《最後の晩餐》に歩み寄り、洗礼者ヨハネを見つめる。たしかに明るい栗色の髪を肩まで伸ばし、ピンク色の羽織を身にまとって、物憂げに俯《うつむ》いているヨハネは、他の人たちよりも肌が白く、女性のように描写されている。

「レオナルドは他の作品でも、ヨハネを描くときは、たびたび自分が特別な感情を抱いている相手をモデルにしていた。たとえば、助手だった青年期のサライを晩年に描いたとされる《洗礼者聖ヨハネ》がそうだ」

「なるほど。この《最後の晩餐》の洗礼者ヨハネも、レオナルドにとって特別な誰かを描いている可能性が高いってことですか？」

「俺は、母親じゃないかと思っている」

「たしかにレオナルドが両性具有的な人物を描くことはたびたびあって、このヨハネも同じだからといって驚きはしませんね」

「とはいえ、ヨハネはキリストの先駆者、つまりキリストを導く者だった。そんな高い地位を持つ人物のモデルを、男性限定の教会のなかであえて女性にしたとすれば、革命的な表現と言える」

「レオナルドは女性の地位を認める先進的考えの持ち主だった、と？」

「そういうことだ」

スギモトは感慨深そうに絵を見つめる。

傑作《最後の晩餐》に描かれたヨハネは、静かに俯きながらも、トスカーナの美しい自然が遠くまで見渡せる窓に向かっていた。

「ちなみに、レオナルドの母親の名前はカテリーナだ」

そう呟いて、スギモトはカテリーナの方を見つめた。

「……私と同じ名前？」

「そうだよ。君のお母さんの名前を聞いても？」

「イザベラ」

「なるほど。レオナルドのパトロンだった女性は、イザベラ・デステという名前だ」

母娘二人とも、レオナルド・ダ・ヴィンチにとって特別な女性の名前だった。

これはいったいどういうことだろう――。

晴香が言葉を失っていると、カテリーナはおずおずとポケットから一通の小さな手紙を差しだした。

「じつは二人に、まだ話してないことがあるの」と、カテリーナは意を決したように切りだす。

「母のスケッチを整理していたとき、一緒にこの手紙が保管してあったのを見つけた。私、こっそりなかを読んだの。そしたら、遺書のような内容が書かれてた。たぶん手術を受ける前に、弱気になったんだと思う。自分になにかあったときのために、ここに大切なことを伝えておくって。そのなかに、私にいずれ〝宝〟の存在を話さなきゃいけないっていう部分があった。でも〝宝〟ってなんだろう？」

カテリーナは困惑した様子で、その手紙をスギモトに手渡す。晴香も近づいて、なかを覗いた。

そのとき、便せんに施された文様が目に飛び込んできて、晴香の心臓が跳ねた。その文様に見覚えがあったからだ。間違いなく、アントニオ先生から見せられた、あの古書の表紙に刻印されていた組みひも文様と同じだった。

謎が謎を連れてくる――。

晴香はいつの間にか、レオナルドの秘密を巡る迷宮を彷徨《さまよ》っている気分だった。

まずは、手紙の内容を知りたいが、すべてイタリア語で記されているので、晴香には読めない。それでも、語学に通じているスギモトはあらかたの内容を理解したらしく、何度か肯いて手紙をたたみ、カテリーナにすぐ返した。

「なるほど。君の思っている通り、お母さんはきっと君になにかを伝えるつもりで、これらのスケッチと手紙を部屋に残したんだろう。自分に万が一のことが起こったときのためにね」

「でもそれは、レオナルド・ダ・ヴィンチとどう関係してるの？　お母さんが書いた〝宝〟っていうのは、ダ・ヴィンチが残した財宝とか、そういうことなのかな？　でも五百年以上前の人でしょ。そんなに昔なら、とっくに別の人の手に渡ってるよね？」

「残念ながら、俺には答えがない。代わりに、その手紙には手がかりが残されている」

「えっ？」

カテリーナは慌てて手紙をふたたび開く。

「ここだよ。このSというのは宛名じゃないかな？　君のお母さんがこんな手紙を書き送る相手で、Sという人物はいないかい？」

すぐさまカテリーナは目を見開き、断言する。

「ソフィア！　司書のソフィアだわ」

「じゃあ、彼女に真相を確かめるしかない」

カテリーナはしばらく黙って手紙を握りしめていたが、深呼吸をして「わかった」と呟くと、ソフィアがいつも仕事をしている一階の司書室の方に歩きはじめた。晴香はあとを追うべきか躊躇したが、目が合ったスギモトが小さく首を振ったので、ここで待つことにした。

＊

カテリーナが手紙を見せると、ソフィアは深呼吸をして目を閉じ、いつもと変わらない淡々とした口調で、「閉館後に栗の木の下で待ち合わせましょう。そこで詳しいことを話してあげるわ」とだけ答えた。

夕方、カテリーナはボランティアの仕事を終えて、栗の木へと向かった。ソフィアを待つあいだ、栗の木の下に腰を下ろし、母から言われたことを思い出す。

――この木は、何百年も前から、この村を見守ってくれている。アルノ川が氾濫しても水害に見舞われても、変わらずずっと立っていたのよ。

カテリーナにとっては、季節の巡りを教えてくれる存在でもあった。夏になると葉を茂らせ、秋は実り豊かで、冬は葉をすべて落とし、春にふたたび芽を出す。風が吹くたびに葉が揺れて、咲きはじめた花の独特の香りがただよった。

「お待たせ」

現れたソフィアは、カテリーナのとなりに腰を下ろした。いつもはひとつに結んでいる黒い巻き髪を珍しく下ろしていて、司書としての、あるいは、母のママ友としてのソフィアとは、少し雰囲気が違うように思えた。

ソフィアはどこか緊張した面持ちで、こう切りだす。

「はじめに一番大切なことを伝えておくわ。お母さんは入院する前に、すごく怖がっていたの。なにより、あなたにもう会えなくなってしまうことをね」

「……お母さんが？」

カテリーナにとっては、意外な事実だった。なぜなら母は、娘の前では不安そうな顔を見せたことがないからだ。病院に出発するときも、泣きべそをかいていたカテリーナを励ました。

——すぐ帰ってくるわよ。

なんでもないことのように、笑顔で手を振ってくれた。自分は思い返せば「母」としての顔しか知らない。それは母が、気丈に振る舞っていたからだろう。母が入院する前に、もっと母の手を握り、母の話を聞いてあげればよかった、とカテリーナは後悔する。

「じつは、お母さんはあなたに隠してきたことがあった。それは、お母さん自身の秘密でもあるし、あなたの人生に関わることでもある」

「秘密って？」

勿体ぶるように、ソフィアは空を仰いだ。

「私とあなたのお母さん、イザベラは幼馴染で、親友だった。イザベラから、ある秘密について教えてもらったのは、二十歳そこそこの頃だった。私たちは二人ともフィレンツェの大学に通っていたけれど、ある日、イザベラは彼女の母親――つまり、あなたの祖母からあることを聞かされた。それでイザベラは私にだけ、そのことを教えてくれたわ」

カテリーナは、亡くなった祖母のことを思い出す。

もともと実家が経営しているオリーブやブドウの畑は、すべて祖母の持ち物だった。祖母は生前、よく畑仕事についてカテリーナに教えてくれた。

「あなたたちはレオナルド・ダ・ヴィンチと同じ遺伝子を持つ家系なの」

カテリーナはとっさに言葉が出てこなかった。

「毎年レオナルド・ダ・ヴィンチの誕生日の日に、お祭りがあるでしょう？　世界中から専門家を招いて夕食会やパーティが行なわれる。そのときに振る舞われるのが、あなたの家の畑で収穫されたワインやオリーブなの。そして、あなたたちの家系は代々、このご神木を世話してきた」

そう言って、ソフィアは天に向かって枝葉を伸ばす栗の木を見あげた。

「なぜなら栗の木を五百年前に植えたのは、レオナルド・ダ・ヴィンチ本人だという言い伝えがあるからよ。レオナルドはヴィンチ村の人たちにとって神だった。だから彼の死後、この村にはレオナルドの教えを守る一種の信仰のようなものが成立した。自然の均衡を壊してはいけない、人間は自然の一部である、という教えをね。彼が植えた栗の木を枯らすな、というのもその教えのひとつ」

カテリーナは困惑しながらも、やっと訊ねる。

「でも学校の授業で、レオナルド・ダ・ヴィンチは生涯誰とも結婚もせず、子どももいなかったって聞いたよ？」

「その通りよ。でも異母兄弟姉妹がたくさんいた。だから、その子孫はイタリア国内のみならず、世界中に大勢散らばっているのよ。それは近年の研究でも証明されている。ただし、もっとも正統な家柄——いわば本家に当たるのが、ヴィンチ村のあなたたちの家であり、女系の後継者である、とあなたの祖母は信じていた。でも女性は嫁いだり、苗字《みょうじ》が変わったりする立場だから、あえてあなたの祖母は大々的に公表せず、当人たちのあいだだけで受け継ぐことに決めたそうよ。そして今に至るまで『アカデミー』と呼ばれる、レオナルドの教えを守るための秘密結社を率いている」

「信じられないよ、そんなこと……単なる迷信じゃないの？」

「かもしれないわね」

ソフィアはほほ笑みながら、栗の木の太い幹に触れた。

「じゃ、間違ってるってこと？」

「いいえ、そうじゃない。ただ、五百年前にレオナルド・ダ・ヴィンチが栗の木を植えたという確証はないってだけ。でも少なくとも、あなたのお母さんはその言い伝えを信じ、この村で大切にこの木や畑を守ってきた。その気持ちには嘘偽りがないわ」

たしかに母は、たびたびフィレンツェやローマで行なわれる環境保護の会合に参加し、折に触れて、カテリーナにも自然を守るボランティア活動に参加させてきた。それらは母自身が、レオナルドの手記に溢れる自然への愛や畏怖に賛同したからこそなのか。

「じゃあ、お母さんは私に、同じことを引き継がせようとしたのかな？」

「そういう気持ちもあるかもしれない。でも、本当のところでは、お母さんはあなたに、あなたの人生を歩んでほしいと願っているはずよ。あなたの未来を縛りたくないからこそ、この話をずっとしていなかった。おそらく、あなたが進路を決める前に打ち明けるつもりはなかったんでしょうね」

「そんな……私なにも知らなかった」

「お母さんが迷っていたのは、他ならぬあなたのためよ」

すべての疑問が解消され、世界が一変したようにも感じる。とたんに、カテリーナは母への感謝でいっぱいになった。

「どうしよう、私……」

泣きだしそうになるカテリーナを、ソフィアは抱きしめた。

「大丈夫よ。きっとイザベラは元気になって、ヴィンチ村に戻ってくる。そのときに、ゆっくり二人で話せばいいんだから」

どうかお母さんが健康になって戻ってきますように——。

カテリーナはこのときほど強く、栗の木に祈りを捧げたことはなかった。

＊

晴香とスギモトがフィレンツェへと発つ朝、カテリーナが宿泊先のホテルにやって来た。バス停まで歩きながら、彼女は図書館での謎解きのあとにソフィアとしたやりとりのことを、晴香とスギモトに説明してくれた。

「まさか、カテリーナがレオナルドと同じ遺伝子を持つなんて……」

晴香は声を抑えながらも、驚きを隠せなかった。

「私も信じられない気分。だからって、急に彼みたいに賢くなるわけないし、なにが変わるわけじゃない。せめて上手に絵が描けたらいいんだけど。五百年も経って、遺伝子もずいぶんと薄まっちゃったみたい」

冗談めかして言うカテリーナに、スギモトは笑った。

「そりゃ残念だね」

「でも、ちょっとだけ、自分のことが誇らしくなった。うまく言えないけど、大切なお守りをもらった気分。だから二人には感謝してるの」

スギモトをまっすぐ見つめながら言い、深々と頭を下げるカテリーナは、少しすっきりしたように見えた。

「じゃあ、これはお祝いだね。新たな門出の」

晴香が手渡したのは、昨晩マウントの作業を終えた母イザベラのスケッチだった。図書館のスタッフに協力してもらい、必要な材料はすべてヴィンチ村でそろえたのだ。白い紙の額におさめられてそのままの状態よりも丈夫になり、見栄えもよくなっているように感じる。

カテリーナは感激した様子で、しばらく手にとって見つめたあと、「そうだ」と言って、手に持っていた布の袋をこちらに差しだした。

「あのね、昨日ソフィアから、あなたたちがレオナルドに関する探し物をするために、ヴィンチ村に来たって聞いたの。組みひも文様がデザインされた古い本なんでしょ？」

「うん、そうだけど」と、晴香は答える。

「昨日ソフィアと話したあと、家のなかを隅々まで探してみた。家にはなにもなかったけれど、うちの近くにあるワインセラーとして使われている納屋に古い書棚があって、今まで私は一度も注意して見たことがなかったんだけど、そこにこれが……」

袋のなかには、革張りの古書が一冊入っていた。まさしくアンドレア先生から見せてもらった古書の組みひも文様とよく似た装飾がされており、二冊を並べてみると、対になることがわかった。

「これ、見てください！」

興奮しながらスギモトに手渡そうとしたとき、通りの向こうにバスが見えた。フィレンツェ行きの、二人が乗るべきバスだった。改めてカテリーナと別れを惜しむ言葉を交わして、停車したバスにスギモトが乗りこむ。晴香もあとにつづこうとしたとき、カテリーナが声を張った。

「待って！」

ふり返ると、カテリーナが追いかけてきた。

「私、頑張るよ。お母さんの病気がどうなるかもわからないし、まだ将来のことは決められない。でも私、もっと村のことを知りたいと思うの。栗の木や畑の世話の仕方を学んでいきたい。そのために大学に行って、ちゃんと勉強するのもいいなって」

「うん、応援してるね」

そのとき晴香は、和紙職人をしていた両親が家業をたたむことになったのをきっかけに、修復士の道を歩むことに決めた昔の自分自身と、目の前のカテリーナが重なって見えた。あのときの晴香も、家族が守ってきたものを自分も大切にしたい、という気持ちに背中を押されたのだ。

新しい目標を見つけたカテリーナは、昨日よりも大人びていて、強くたくましかった。旅先で友人になった何歳も年下の少女の姿が見えなくなるまで、晴香はバスの窓から手を振りつづけた。ロンドンに戻って落ち着いたら、今度はカテリーナに遊びに来てもらって、うちに招待するのもいいかもしれない。

「……いい旅でしたね。スギモトさんのことも、少し見直しました。コンサバターが最優先すべき仕事は、災害に遭った作品の修復だって言葉。けっこう感動しました」

席に座り直して、晴香はしみじみとスギモトに言う。

「今まで俺のことをなんだと思ってたんだ」

「すみません」

お金や世間からの評判を第一に行動しているような節もあった、とは今は口に出さないでおく。

「まぁ、いいさ。君の言う通り、ヴィンチ村では結果的に、われわれにとっても最高の収穫を得られたからね」

「この本ですね！」

膝の上に乗せた古書に手を置いて、晴香は肯く。

「いいや、それだけじゃない」

「えっ？」

「レオナルド・ダ・ヴィンチのＤＮＡが見つかったことだ。カテリーナという比較対象と仲良くなれたことは、これ以上ない幸運だったよ」

戸惑う晴香に、スギモトはにやりと笑った。

「あのドローイング……しばらくカテリーナへの手助けに夢中だった君は忘れているかもしれないが、今のわれわれの最大の関心事である《大洪水》らしきドローイングには、別に黒い影があった。独自に検査を依頼したところ、血痕である可能性が高い」

衝撃を受けながら、晴香はあり得ることだと考える。

昔の素描には、稀に描き手の血が付着している。これは指で紙やチョークをこすりながら描くと、不意に皮膚が裂けてしまうからだ。晴香自身もデッサンを習っていた頃、とくに寒い季節に経験したことがあった。

「つまり、レオナルド本人のＤＮＡを検出できるかもしれない、と？」

「パリに戻ったら忙しくなるぞ」

スギモトが見つめる窓の外には、若きレオナルド・ダ・ヴィンチも同様に眺めたであろう、フィレンツェへとつづくトスカーナ地方の山々が広がっていた。

CONSERVATOR

第三章

遺骨《モナリザ》

「あなたをこの城に迎えて、たった三年とは信じられません」

フランソワ一世はレオナルドの寝室で、彼の骨ばった手を握りながら呟いた。

数日前から体調を崩し、伏せっていたレオナルドは、もともと白い顔がいっそう青白くなっている。だが、今朝は少し気分が回復したのか、折り入って話したいことがある、ところを呼びだしていた。

一五一六年夏、アルプス山脈が雪に覆われる前に、レオナルド・ダ・ヴィンチはローマを発ち、ここアンボワーズ城に到着した。

このとき六十四歳にして、生まれてはじめてイタリアを離れたという。レオナルドは情勢が不安定な祖国にはもう戻れないこと、すなわち、これが自分にとって最後の旅になることを当初から理解しているようだった。

レオナルドを迎えた頃のフランソワ一世は、二十一歳だった。レオナルドに作品を描かせることのできる数少ない人物だった義父ルイ十二世から、フランス王位を継承したばかりの頃である。

こんなにも聡明で気高い人を見たことがない――。

ついにレオナルドと向かいあったとき、フランソワ一世は息を呑んだ。

前評判でも、人当たりがよく寛大で華があり並外れた美しい容姿をしていると聞いていたが、まったく誇張ではなかった。珍しいひざ丈のローズ色の上着を羽織って、優雅さを体現したような風貌。ただし、その顔には深いしわが刻まれており、これまで彼が辿ってきた道の困難さを窺い知ることができた。

フランソワ一世は、レオナルドにアンボワーズ城からほど近いクルーの館を与えた。一階の大広間は広々としていて、いつでも訪問客をもてなすことができ、料理人も専属で配置した。二階には寝室と工房があり、とくに工房は、彼が夜間まで制作や思索に没頭できる環境を整えたつもりだ。太いオーク材の梁天井の下に石造りの暖炉もあり、窓からは王の居城へとつづく緑豊かな斜面が見渡せる。

この三年間、レオナルドは手厚く保護され、自身の芸術に没頭していた。他でもない自分のために描きつづける三点の絵画を完成させるために――。

「私には短い時間でしたが、間に合ったのは幸いです」

レオナルドの視線の先を追うと、この城に持参した三点のうち、《聖アンナと聖母子》以外の二点――つまり、謎多き二点の肖像画が台に置かれていた。いずれもレオナルドが精魂を込めて筆を重ねた宝物であり、このうえもない出来栄えだった。

とくに片方は、貴婦人を描いた世にも美しい絵で、何度見てもため息が漏れる。

「この絵を見た者は皆、モデルが誰なのかと噂します。あまりの美しさのせいでしょう。先日ここを訪れた枢機卿は、メディチ家君主の妾《めかけ》だと推測していました。他にも、フィレンツェのジョコンド夫人だとか、ウルビーノの未亡人だとか、この女性は人の想像力に羽を授けるようです」

しかしレオナルドは無言でほほ笑むだけだ。

フランソワ一世自身も、好奇心を抑えるのに苦労していた。なぜレオナルドは、この絵を当初の依頼人に納品もせず、長年肌身離さずそばに置いて、身体の自由が利かなくなってもなお手を加えつづけているのか。いったいこの女性は誰なのだろう、と。

レオナルドはゆっくりとベッドから身を起こし、フランソワ一世に顔を近づけた。

「そうした推測は意味のないことです。なぜなら、彼女は実在の人物から遠ざかり、私にとっての理想の肖像画に変わったからです」

「しかし、きっかけがあったのでは？」

少し考えると、レオナルドは目を細めた。

「きっかけ……少なくとも注文を受けたときではありません。それよりも昔、何十年ぶりに突然、母がミラノにいる私を訪ねてきたときに、ふと思いました。誰しもが心に描く理想の人間像を描きたい。そのときからずっと頭のなかで、この絵を構想してきたといってもいいでしょう」

「では、この絵は母上を描いたのですか？」

レオナルドは首を左右に振った。

「いいえ、まったく違います。ただ、私にとって母は、最後まで謎の存在でした。なぜ自分の手で育てた他の多くの子どもではなく、私に看取られることを選んだのか……むしろ母はまるで私を育てられなかった罪への許しを請うように、亡くなる前にはるばるミラノまで旅をしてきたのです。葬式で安らかな死に顔を見ながら、私は絵を描きたいとそれまで以上に強く思いました」

そんな逸話があるとは知らなかった。

レオナルドがここに滞在した三年のあいだ、フランソワ一世は毎日のようにこの肖像画が少しずつ変化していくのを見守っていた。

はじめは無表情だった唇も、何度も軽いタッチで筆を重ねることで、ほほ笑みを帯びていった。それは雲の動きや朝夕の光にも似た、繊細でいて劇的な、奇跡のように美しい変化だった。

他の部分も、少しずつ完成していった。血の通った頬の輪郭、遠くまで見据える目、ひじ掛けに置かれた手の微妙な動き――そして桃源郷のように幻想的な背景に至るまで、すべてが心を惹きつけてやまない。

些細な細部が巧みに重なりあい、この傑作は誕生した。それまでの尊い時間に立ち会えた神の導きに感謝する。

なんといっても、他に類を見ない天才が、円熟期から晩年にかけて丹精込めて仕上げた一枚なのだ。

「おそらくこの絵は、後世末永く、あらゆる画家の手本となるでしょう」

「お褒めいただき光栄です」

「もちろんです。ただ、こちらの絵は……残された者を困惑させるかもしれませんね」

フランソワ一世はもう一枚の絵を見ながら、首を傾げた。

それは貴婦人の肖像とは対照的に、フランソワ一世を動揺させる、奇妙な力を持った作品だった。魔力と言ってもいい。見れば見るほど、落ち着かない気分にさせるのだ。厄介なことに、見てはいけないものほど見たくなる。

「洗礼者聖ヨハネを描いたとか？」

「ええ」

レオナルドが目を細め、ニヤリと笑ったように見えた。完璧主義でつねに礼儀正しいレオナルドが、そんな無邪気な表情を見せるのは珍しい。

そもそもこの絵は、レオナルドの芸術では異端のような存在だ。彼が得意とする細やかな風景描写もなく、人物の描かれ方も挑発的だ。こうして美しい貴婦人の肖像と並ぶと、その差は一目瞭然である。

にもかかわらず、この絵は貴婦人の肖像以上に、レオナルドが最後まで執着した作品でもあった。

暗闇から浮かびあがるように光を当てられた一人の若者。両性具有的で性別すらわからない。美しい巻き髪に縁どられた顔はこちらを誘うような、危険なまでに不敵な笑みを浮かべている。同じほほ笑みでも、貴婦人のそれとは似ても似つかない。

いつも理性的なレオナルドが、これほど官能的な作品を描くとは、フランソワ一世は内心混乱してもいた。絵のなかの若者から「お前も共犯者だろう？」と語りかけられ、禁忌を犯している気分になる。実際、聖ヨハネという題材にもかかわらず、聖性は微塵も感じられない。信心深い人が見れば、神への冒瀆《ぼうとく》とさえ捉えるだろう。

その瞬間、あの男——悪態をつくサライの姿が浮かんだ。

サライは年に三度ほど城に現れては、レオナルドに気安く生意気なことを言い、金を無心するペテン師のような男だった。昔はさぞかし美男子だっただろう、恐ろしく整った顔をしているが、品位に欠ける態度はこちらの神経を逆なでした。

レオナルドほどの巨匠を「じじい」呼ばわりする不届き者はサライ以外いない。小悪魔《サライ》という名前がついたのも肯ける。

少し前にレオナルドと決別し、ミラノで好き勝手やっているらしいが、自分はなにがあろうと嫌われるはずがないという絶対的な余裕を感じた。その証拠に、レオナルドはどんなにうんざりした顔をしながらも、最後にはサライを許してしまう。二人の関係は、傍《はた》から見ても特殊だった。

悔しいことに、レオナルドがあれほど怒りや優しさを表に出すのは、ただ一人、サライの前でだけでもあった。たとえ弟子のなかで一番賢く若い優等生のメルツィの前でも、あんなに心を乱す姿は見せない。

「まさに、天使と悪魔ですね」

フランソワ一世は、死を悟った老芸術家の二点の絵画の前で呟いた。同じようにほほ笑みをたたえ、生涯手元に置いていた二点とはいえ、両者は対極にあった。一方は安らぎと賞賛を生み、もう一方は不安と混乱を引き起こす。

「私の遺骨はここフランスの地、アンボワーズ城の敷地内に」

意外な願いに、フランソワ一世は耳を疑った。

「イタリアへ帰らなくてもいいのですか？」

「もう未練はありません。私はここを愛しています。城も、庭園も、あなたのことも」

フランソワ一世は心から尊敬する芸術家に跪いて、冷たく骨ばった手に口づけをした。

「あなたが永遠に安らかな眠りにつけるように、私が全力を尽くします」


一五一九年五月二日、六十七歳の誕生日から一ヵ月も経たず、レオナルドはクルーの館の自室にて息を引きとった。

レオナルドが死ぬまで筆を入れつづけた絵画は、やがてフランス王家によって受け継がれ、ルーヴル美術館の所蔵となる。その裏で、ダ・ヴィンチの遺骨を守ることもまた、フランス王家の知られざる使命であった。フランソワ一世が没したあとも、ひそかに墓は王家によって保護されつづけた。

ただし、第二次世界大戦中にフランスがナチスの占領下に置かれるまでは――。

その法科学研究所は、パリ市内のオフィス街の一角にあった。晴香とスギモトはルカとともに、さっそくダ・ヴィンチのDNA鑑定を依頼しに来ていた。

この研究所を紹介してくれたのはルカだ。

――ここは僕も以前に、別の美術品の調査でお世話になった研究所なんだ。担当者も理解があって、ここをおすすめするよ。

ルーヴル美術館のキュレーターが太鼓判を捺《お》す研究所だけあって、事情を説明すると対応も早く、翌日に会って話すことになった。

また、カテリーナもDNA鑑定に協力してくれるという。はじめはお願いをするのも気が引けたが、本人に連絡すると、案外あっさりと「いいよ!」という返事があったのだ。手術に成功して数日前にヴィンチ村に戻ってきたカテリーナの母親も、鑑定に同意してくれているという。

「それにしても、五百年も前の血痕でDNA鑑定ができるんでしょうか？　仮にカテリーナが本当にダ・ヴィンチと同じ遺伝子を持つとしても、十世代以上は前でしょうから」

担当者を待つあいだに、待合スペースで晴香が言うと、スギモトが「いや、そうとも限らない」と答える。

「考古学のジャンルでは、ＤＮＡ鑑定は一般的な分析手段になっている。たとえば、ミイラのＤＮＡを調べて古代エジプト人の遺伝的ルーツを辿ったりね。それに、ゲノム研究は日進月歩だ。ダメ元でも調べてもらう価値はあるさ」

晴香は同意しながらも、半信半疑だった。

ときにスギモトのやり方は極端で、ロマンチックな理想主義に基づいている。論理的には可能でも、本当にできるのだろうかというような奇想天外なやり方を思いつく。それはスギモトの秀でた独創性には違いないのだけれど。

「お待たせしました」

白衣をまとった女性研究員が現れ、ルカと親しげにキスの挨拶を交わし、スギモトと晴香にもほほ笑みかける。

「では、こちらに」

個室に通されると、さっそくルカが切りだした。

「今回は、古い素描に残された血痕と、その子孫とされる若い女性との血縁関係を、ＤＮＡ鑑定してもらいたいんですが――」

「ええ、事前に聞いていた通りですね。ここまでお越しいただいて申し訳ないんですが、結論から言って、残念ながら十分に一致する可能性はきわめて低いかと思います。弊社の技術では、どうやっても断定はできないためです」

　ガクリという形容がぴったりなほど、スギモトが肩を落とすのがわかった。女性研究員は気の毒そうに肩をすくめながら、こうつづける。

「というのも、統計的な調査ではなく、個人と個人を結びつける調査の場合、うちで取り扱うのは親子間が主で、祖父母と孫のあいだくらいが限度なんです。それ以上に離れていると、不確定要素が多いので、確かなことは言えません」

　スギモトは唸《うな》り声を上げて、黙り込んでいる。

「ですが、他に手立てはないでしょうか」

　ルカが食い下がると、女性研究員は少し考えてから言う。

「もちろん、血痕があるのなら、ＤＮＡが検出できる可能性は大いにあります。たとえ何百年前のものでもです。ですから、比べる対象が、本人のものであればいいんです。本人の検体となら、かなり正確な鑑定はできると思います」

　その言葉を聞いて、スギモトが顔を上げて呟く。

「……本人のＤＮＡと比べればいいのか」

「ははっ、でもそれは無理な話。別の作戦を練ろう」

　ルカは軽く受け流し、席を立って女性研究員に礼を伝えた。

ルーヴル美術館に戻るまでメトロに揺られながら、晴香とスギモトはルカと話し合った。

「やっぱり難しいと思ったんだよ、スギモト。ＤＮＡ鑑定の道は諦めよう」

ルカは眼鏡をハンカチで拭きながら言うが、スギモトはなにも答えない。

「ところで、晴香。君はヴィンチ村でアンドレア先生の資料の半分を、同じ家系の少女から受けとったんだってね？」

「はい。ルネサンス期に使用された紙の標本のようです」

「早速調査してもらえるだろうか？　できる範囲でいいから」と、ルカ。

ヴィンチ村では早々に諦めてパリに帰ったせいか、ルカは晴香たちに引け目があるらしく、ちょっとした言い方が以前よりマイルドになっている。

「わかりました。ただ……」と、晴香は遠慮がちにつづける。「たとえ今回の素描の紙が、ルネサンス期から製紙の町だったファブリアーノでつくられたものだと確定しても、同時代の画家によるドローイングじゃないかっていう指摘が想定されます。だとすると、真贋の決め手にはならないですね」

ルカはため息を吐き、三人は黙りこんだ。

「一度、初心に戻るか」

そう呟いたのは、研究所を出てから無言だったスギモトだ。

「初心って？」

「現場検証だよ。美術品鑑定の大きな手がかりのひとつ……来歴を調べるんだ」

例の素描が発見されたのは、イタリア・ルネサンスの絵画や彫刻がずらりと保管された収蔵庫からほど近い、通路の突き当たりだった。近くには消火器や防火扉があり、周囲に物は置かれていない。

「この収蔵庫ならたまに出入りするけれど、通路の奥にまで気にかけたことは滅多になかった」

ルカがそう説明するくらい、防犯カメラにもうつらない死角だった。

少し待つと、廊下の奥から一人の男性が歩いてきた。小柄なうえに猫背気味で、物静かそうな第一印象である。六十代後半か、もっと年上かもしれない。仕事を引退したあと、ボランティアとして働くシニア層は、日本と同様フランスでも珍しくないようだ。

茶色い帽子をとって、男性は白髪の薄くなった頭を下げた。

「彼はアンリさん。ベテランの清掃員だよ」と、ルカが通訳を務める。

「見つけたときの状況を、改めて聞かせてもらえますか？」

「そうですね、どうだったでしょうか……この年齢になると、記憶を引っぱりだすのに時間がかかりましてね」

勿体ぶるように言うアンリを、ルカは「なんでもいいので」と急《せ》かす。

「なんでもいいと言われましても」

「たとえば、何時に出勤を？」

「早朝六時です」

「早いですね」

「よく驚かれますが、われわれは人々が訪れる前に仕事を終えなきゃいけませんからね。明け方、誰もいない美術館に来て、管理室で掃除用具を受けとり、一斉にそれぞれの持ち場へと向かいます。その日は肌寒い朝でした。私の持ち場はここ地下室だったので、通路までモップをかけてきたら、見覚えのない封筒が落ちていました。それが例の〝落とし物〟です」

「すぐに清掃会社の上司に報告を？」と、ルカは訊ねる。

「ええ、規則に従って」

アンリはそのときの状況を細かに話してくれたが、期待した手がかりは得られなかった。これ以上話を聞いても仕方ないかもしれない、と諦めかけた晴香はスギモトの様子を窺う。しかし意外にも、スギモトは真剣な目でアンリの顔を見つめていた。

「この仕事に就いて長いそうですね」と、スギモトが口をひらく。

「かれこれ二十年になります」

「では、他の清掃員のことも詳しいですか？」

「どうでしょう……清掃業務は個人作業ですし、別の清掃会社から派遣されてきている者もいます。私にも仲の良い同僚は何人かいますが、全員が横のつながりなので、その動きを把握しているわけではありません」

「なるほど」

「ところで、あの封筒は、美術館の所蔵品かなにかじゃなかったんですか？」

アンリは上目遣いで、ルカに訊ねた。

「詳しいことは言えないけど、ここだけの話……謎の作品でね」

「謎の？」とアンリは目を丸くしたあと、声色を低くしてつづける。「どうりで」

意味ありげに呟いたアンリに、スギモトが訊ねる。

「なぜそう思うんです？」

「じつは私も、ずっと引っかかっていましてね。単なる清掃員で、美術品の知識なんてこれっぽっちも持ち合わせませんが、これはただのミスや偶然じゃない気がしていました。何者かが、意図的にここに置いていったんじゃないかって」

「どうしてもっと早く教えてくれなかったんです？」

ルカが目を見開いて、すかさず訊ねる。

「どうして？　私は毎日収蔵庫に出入りし、あなたたちとすれ違っていましたよ。なにか訊かれれば、いつでも答えるつもりでした。でも普段、私たちを気にかける者は皆無。いない存在として見做されているのです。本当はここにあるほとんどの物品を、正確に把握しているのにね。毎日どんな状態で、どこにあるのか」

黙りこんだルカに、アンリは言い添える。「申し訳ありません。出過ぎたことを言いました」

気まずい空気のなか、スギモトが切りだす。

「ひとつ訊いても？」

「どうぞ」

「例の封筒を見つけたとき、なぜ〝引っかかった〟んです？」

アンリはスギモトから目を逸らし、帽子をぎゅっと握った。

「ここを掃除することは滅多にありません。ルーヴル美術館の収蔵庫は全長何キロにもわたりますから、少しずつ順番に手を入れていくので時間がかかるのです。しかし私はたまたま前日に、ここを通りかかっていました。そのとき、ここにはなにもなかった。それははっきりと記憶しています。ここは物がない状態でした」

「じゃあ、ここに封筒を置いた者は、あなたがいつ清掃するかを知っていた、ということでしょうか」

「私はそう思います。私たちはスケジュール通りに動いています。犯人はわざと清掃員が現れる直前に、あの封筒をここに置いていったのではないでしょうか。誰かに発見してもらうために」

「発見してもらう……」

スギモトの小さな呟きは、晴香の耳にしか届かなかったようだ。

「話を聞かせてくれて、ありがとうございました」

「いえ、いつでも声をかけてください」

アンリは帽子をかぶり直し、持ち場へと戻っていく。

「でもなぜ犯人は、わざわざ発見されるように置いた？　誰なんだ？」

ルカがそう言って頭を抱えたとき、彼の館内用のスマホが着信した。「最悪だ。ルイーズから呼びだされた。例の素描の件で話があるらしい。君たちも一緒に」

館長室で待っていたルイーズは、いつも通りヒールを履いてブランドのスーツを着こなしているが、眉間のしわが深まっている気がした。室内の空気も緊張感がただよい、ルイーズは手の動きだけで秘書に出ていくように伝えた。かすかに煙草の香りがする。

「調査に進展は？」

「残念ながら暗中模索で、レオナルドの真作と決定づけられる手がかりも、まだ……」

「なにやってるの！」

そんなふうにルイーズが声を荒らげるのを見るのは、晴香にとってはじめてだった。

「われわれも最善を尽くしている」

スギモトが腕組みをしながら答えると、ルイーズは鼻で嗤う。

「そう、最善を、ね。ヴィンチ村で油を売っていたそうだけど？　大雨の被害に遭って気の毒だとは思うけれど、あなたをわざわざパリに呼んで調査に参加させているのは、慈善活動をしてもらうためじゃないのよ」

ルイーズの穏やかではない態度に、スギモトは訊ねる。

「なにかあったのか？」

「最悪のことがね。ルーヴル美術館の地下室でレオナルド・ダ・ヴィンチの筆らしき素描が見つかったというじつに詳細な噂が、館内だけじゃなく業界全体に出回っている。今朝文化省の高官から呼びだされたわ」

まずいことになった――そう思ったのは、当然、晴香だけではなかった。

「なんと答えたんです？」

ルカが血相を変えて訊ねる。

「ただの噂だと押し切って、なんとか追及を逃れたわ。でももう誤魔化すのも限界ね。早く真相を確かめないと、これ以上は待てない。なんせ、あの素描はここにはあってはならないものだから。とくに真作だったとしたらね」

ルイーズは冷たく言い放つ。

とんでもない状況に巻き込まれつつある。晴香ははじめて、自分の置かれている事態の深刻さを理解した。これまでは素描の正体がたとえ不明のままでも、きっとなんとかなるんじゃないかと楽観視していたが、もうそんな悠長なことを言っていられる場合ではなさそうだ。

「それに噂がどこから漏れたのか……もうあなたたちのことは信頼できない。別の者に調査を依頼するわ」

それも致し方ない決断だろう――。

晴香が目をつむったとき、スギモトが「待ってくれ、ルイーズ」と口をひらいた。

「俺たちもあと一歩のところまで来ている。もう少し時間をくれないだろうか？」

驚いてスギモトを見ると、いつになく真剣な面持ちで訴えている。

「駄目よ、もう待てない」

「そこをなんとか！　ルカも俺たちも全力でやってるんだ」

手を合わせて頭を下げるスギモトに、ルイーズはため息を吐いた。

「わかった。でももう悠長にしていられない。一刻を争う事態よ」

「じゃあ、そろそろ助っ人を呼ぶことにしよう」

自信ありげに、スギモトはスマホを手にとった。

＊

「こんにちは、調子はどう？」

受付でいつも顔を合わせる親切な女性スタッフは、ヘルを見てすぐに笑みを浮かべた。ヘルがなにも答えなくても、彼女は「最近ちょっと暑すぎるわよね」と勝手におしゃべりをつづけ、朗らかに教えてくれる。

「お母さんは今、食事の時間なの。よかったら食堂まで会いにいってあげて」

「ありがとう」

ヘルは半年前から、母がいるこのロンドン郊外にあるリハビリセンターに見舞いに通っている。病気の後遺症に悩む母の面倒を、ヘルはずっと一人で見つづけていたが、経済的余裕ができたので、評判の悪くない専門機関に任せているのだ。

その点では、あの男――スギモトに感謝しなければならない。

スギモトに老舗《しにせ》陶磁器メーカーのコレクションを復元するという仕事を引き受けさせたときは、まさかこうなるとは想像もしていなかった。けれど、結果的にヘルは自身の一年分に近い報酬を受け取ることができ、今は気ままに骨董品を修復しながら、平穏と自由を謳歌《おうか》している。

とはいえ、金銭面では願ってもいない幸運が舞い込んだが、ヘルとしては、あんな手伝いをするべきではなかったという後悔もあった。あんな男に無条件で手を貸すなんて、あのときの自分はどうかしていた。

ヘルは誰にも頼らず一匹狼で生きることを信条としてきたからだ。

今度なにか言われても、絶対に断ってやろう――。

受付で名前を記入したあと、食堂へと向かった。ガラス張りになった食堂では、隅の方の小さな丸テーブルの前に母がいた。スプーンで必死に豆をすくっては口に運ぼうとするけれど、何度も失敗して前掛けを汚している。遠くから観察すると、母はすっかり年寄りという風貌だった。

誰も母を助けようとしないのは、意地悪ではなく、母がそれを拒むからだ。母は他人を頼ることが昔から大嫌いな人だった。自力で食事もできない自分に苛立っているのが背中から伝わる。けれど、家にこもっていた頃はスプーンさえ持てない状況だったので、リハビリの成果も同時に感じた。

ヘルはうしろから近寄って、そっとスプーンに手を伸ばす。皿の上のマッシュポテトを一口分すくって、母の口元に運ぶ。母は驚いたようにこちらを見あげたあと、大人しく肩をすくめ、口を開いて食べ物を受け入れた。

ヘルは一口ずつ、母にゆっくりと食べさせる。

どうやら母にとって、食事の介助を拒まない唯一の相手が娘らしい。

食事のあいだ、二人は滅多に言葉を交わさない。それでも、コミュニケーションは十分だった。最後に、水の入ったコップを持ちあげて、ストローで飲ませる。ナプキンで口を拭くと、母は束の間安心した表情を見せた。

ヘルのスマホに着信があったのは、そのときだった。

画面を見て、ヘルは一瞬固まった。母はそのことに目ざとく気がつき、「ここは通話禁止だよ」と外の方を指した。

この男のことを直前に思い出してしまったからだろうか。ヘルは頭を抱えて応答する。

「なんの用だ、スギモト」

「相変わらず、機嫌が悪そうだな。頼み事があるんだ」

「嫌だ」

きっぱりと断ると、スギモトは「まぁ、そう慌てずに。俺からの頼み事で結果的に損したことはないだろ？」と、おどけた調子で返してくる。

「よく言う」

「ヘル。闇市場に広いコネクションを持つ君に、どうしても探してほしい相手がいる」

咄嗟《とっさ》に「探したくない」と答えたのに、スギモトは構わずつづける。

「ボーン・ドクターだよ」

ヘルは眩暈を感じて天を仰いだ。

たしかにスギモトの言う通り、これまで盗品や非正規ルートの作品を専門に修復してきたヘルは、闇市場に出回っている噂にも詳しかった。なかでも、ボーン・ドクターという男のことは何度か聞いたことがある。

ありとあらゆる偉人の骨を盗掘してきた男。なんでも、そういった骨を煎じ詰めて飲んだり呪術的儀式に使用したりするために、世界には偉人の遺骨を求める輩《やから》が数えきれないほどいて、その愛好家のネットワークをつくりだした男でもあるという。

「どうして私に訊く？」

「君ならボーン・ドクターともつながっていると思ってね。その口調からして、やっぱり知っているみたいだ」

得意げな口調に、ヘルは通話ボタンを切った。

敷地内の公園を吹き抜ける清々しい風を感じていると、まもなく着信があった。

出ないという選択肢もあったが、興味がゼロのわけではないので応答した。

「どうか切らないで！　怒らせるつもりはないから」

「つぎはないぞ」

「わかった、俺が悪かったよ。とにかく今は、君の力が必要なんだ。君に引き受けてもらえなければ、俺たちはどうなるかわからない！」

「……俺たちってことは、彼女もいるのか？」

「彼女って？」

「ハルカだよ」

こちらの心を見透かすように、スギモトは言う。

「晴香なら一緒にパリにいるから、君も来るといい」

晴香のことを、ヘルは嫌いではなかった。むしろ最近では、また晴香に会いたいと思うこともあった。友だちという言葉はこれまでヘルの辞書には含まれなかったが、晴香のことならそう呼んでもいいとさえ思う。もちろん、実行する勇気はないけれど。

「パリに行く気はない。他を当たれ」

「待って、その指を通話ボタンからいったん離してくれ！　この件が、レオナルド・ダ・ヴィンチに関する機密事項だと知ったら、君の気も変わるんじゃないか？」

ヘルは電話を持ち変えて、「どういうことだ」と訊ねる。

「ルーヴル美術館から極秘で依頼を受けているんだよ」

「詳細は？」

「引き受けてくれるなら教える」

「だったら、断る」

「えっ、ちょっと待って――」

もう一度通話を切ると、ガラス越しにこちらを見ていた母と目が合った。

母のもとに戻って、「コーヒーは飲む？」と訊ねる。母は肯いた。食事のあとは二人でコーヒーを飲みながら、チェスをするのが日課だった。チェス盤を用意して、淡々とゲームをはじめる。

母の代わりに駒を並べ終えたとき、母が口をひらいた。

「今の電話は？」

「別に」

「おまえがあんな顔で人と話すなんてね」

「あんな顔って？」

母はおどけたように口をへの字にして眉を上げ、「あんな顔はあんな顔さ。いつも無表情なおまえが、時折見せる子どもらしい顔だよ」

「私はもう大人」

「そりゃ知ってるよ。でも大人になるのが人よりも早かった」

なにも答えずにいると、母は目を細めた。

「思い出した。おまえの〝あんな顔〟を最後にいつ見たか。うちにアジア人の女の子が来たときだ。名前をなんて言ったかな」

黙っているヘルに、勝手に質問を重ねてくる。

「あの子とはもう会っていないのかい？」

ヘルは答えなかった。

「おまえが一人を好むのは知ってる。でも年をとると、ときに孤独は人を蝕《むしば》む。また会いたいと思う相手がいるなら、大切にしなきゃ駄目だよ」

ヘルはため息を吐いて、母の顔を見据えた。

「もう帰る」

母は引きとめず、「あの子によろしく」と答えた。


まだ日は沈んでいないのに通りは薄暗く、石畳は霧雨と汚れで黒ずんでいる。蔦に覆われたパブのドアを開けて、地下のカウンターでビールを注文した。週末で混雑した店内の、隅の席に腰を下ろす。

やがて階段から降りてきたのは、上質なスーツを着て、ビジネスマン然とした三十代後半ほどの男性だった。ヘルは彼の本名を知らないが、周囲に倣って、彼のひょろりとした立ち姿からリーキというあだ名で呼んでいる。

リーキはヘルを一瞥したあと、スコッチを注文して席に近づいてくる。

「生きてたんだね」

向かいあって腰を下ろし、にこりとほほ笑んで言う彼は、どこからどう見てもシティ・オブ・ロンドン辺りに勤める金融系のオフィスワーカーだ。裏社会の仲介者といえば、やくざまがいの悪党のようなイメージがあるが、実際はリーキのように優雅な詐欺師が大半である。

「場所を変える？」

「いい」

自分の居所をさらすのも嫌だし、相手の拠点で二人きりになるのはもっと危険だ。対面で会うこと自体を避けていた。だが、今回はあえてパブを指定した。これだけ混雑していれば一メートル離れた場所でも声は聞こえまい。

「頼まれてた情報だよ」

リーキはポケットからメモを出した。記されているのは、電話番号だった。ヘルは受けとってすぐに暗記した。

「俺から聞いたと言えばいい」

「どんなやつ？　ボーン・ドクターって」

「さぁね。自分の目で確かめるといいさ。で、誰の骨を掘り起こすの？」

「あんたのひい爺さんだよ」

リーキは鼻で嗤った。

「情報の謝礼にしては、ずいぶんと粗末だね」

リーキと知り合ったのは、彼が実行犯として犯罪グループに使われていた頃だ。当時から比較的気が合って信頼できる相手だったので、お互いに協力してきた。今、リーキは仲介者となってコレクターのもとを渡り歩いているが、美術の知識はいまだ付け焼刃なので、ヘルに鑑定や修復の依頼をしてくる。ただし、ヘルがそうして小遣いを稼いだのは、刑務所に入る前のことだ。出所後は彼らと距離を置き、身の振り方について考えている。

「悪いけど今は、盗品の修復を引き受けるつもりはない」

「残念だな。持ちつ持たれつだと思ってたのに」

「もうひとつ訊いても？」と言って、ヘルはリーキの目を見ながら訊ねる。「最近レオナルド・ダ・ヴィンチに関することで、噂を聞いてない？」

リーキは「ダ・ヴィンチ？」と呟いてから目を細め、「あー、最近じゃないけど、知人からひとつ面白い話を聞いたことはある」と答える。

ヘルはビールを一口飲んだ。

「どんな話？」

「じゃあ、修復してくれる？　こんなのが手に入って」

タブレットの画像を見ると、ダリっぽい絵がうつっていた。

「……わかった。たぶん贋作だけど」

「嘘だろ？　まぁ、いいさ。相手を騙《だま》せればそれでいいから」

「で？」

ヘルはタブレットを押し戻し、リーキを見据えた。

リーキは髪型を手で整えながら、優位に立っていることを楽しむように答える。

「二十年以上前って言ったかな。ダ・ヴィンチの素描がパリで行方不明になったという噂が立ったんだ」

「盗まれたの？」

「おそらくね。今も噂が独り歩きしているんだから、都市伝説みたいな話だよ。僕も話を聞いたときは半信半疑だったたし、今の話がどこまで本当かもわからない。とはいえ、調べてみれば面白いことがわかるかもね」

「調べられるのか？」

「まぁ、心当たりがないわけじゃない。君が興味あるなら、力を貸すよ」

ヘルは答えない。

「ところで、まさかダ・ヴィンチの墓を暴くってわけじゃないだろうね？　ダ・ヴィンチの遺骨って、まだ残されているの？」

「ノー・コメント」

「じゃあ、こうしよう」と言って、リーキは身を乗りだす。「君が誰と手を組んでるのかは知らないけど、市場に流すつもりなら僕が協力する。ダ・ヴィンチ関連のものとなれば、売りさばくのも一苦労だからね。僕には売り上げの三割をくれればいい」

「三割？　どんな計算で？」

「もし君が遺骨だけじゃなく、ダ・ヴィンチの作品まで扱うつもりなら、もっと良心的な数字を提示するよ」

「市場に流すつもりはない」

スギモトから詳細は聞いていないが、作品の来歴を確かめることが第一目的らしく、そのために遺骨を欲しているようだ。

「お金が欲しくないの？」

リーキは不貞腐《ふてくさ》れたように訊ねる。

たしかに、スギモトに協力したところで、受けとれる報酬は知れている。微々たるものだろう。それよりも作品を横流しした方が、莫大な金額が手に入るチャンスになる。ヘルの脳裏に、リハビリセンターでチェスをさしながら笑っていた母の顔が浮かんだ。あんなふうに笑うようになったのは、リハビリを受けて、少しずつ思うように身体が動きはじめているからだ。

母にもっといい生活をさせてあげたい。

でも今使っているお金は、近いうちに底を尽きてしまう。

「また連絡する」

それだけ答えて、ヘルは席を立った。

*

パリ市内の主要駅のひとつであるモンパルナス駅は、欧州で最速とされる高速列車ＴＧＶの起点でもある。早朝、駅構内の天井の高いホールでは、アナウンスやしゃべり声が幾重にもこだましていた。

待ち合わせ時間ぴったりに、ＴＧＶのホームにヘルが現れた。

子どもと見まがうような小柄で痩せっぽちな体形は相変わらずだが、眉と鼻につけていたシルバーのピアスを外しているので、大人っぽく落ち着いた雰囲気になっている。服装も以前までの大きめのオイルドジャケットではなく、この日は軽やかな麻地のシャツに変わっていた。

「久しぶり。元気そうでよかった」

さっそく晴香は再会を喜ぶが、ヘルはこちらと目を合わさず小さく肯いただけで、ルカを一瞥して言う。

「おまえたちだけじゃないんだな」

どうやらスギモトは、ルカも同行することを知らせていなかったようだ。

今回の調査は、晴香にとって不安要素が多かった。たとえば、正確に言えば〝調査〟ではなく〝盗掘〟である。しかも同行者は、晴香とスギモトの他、お目付け役としてルカ、そしてヘルとボーン・ドクターが加わる大所帯だった。

「こちらはルーヴル美術館キュレーターのルカ。ルカ、こちらは私たちと同じコンサバターのヘル」

ルカは今回の計画について聞かされた当初から、ヘルを「闇市場の手先」呼ばわりし、「旅先でこちらを裏切るはず」と随行させることに反対していた。案の定、素っ気なく「どうも」と顎をしゃくるだけだった。一方、ヘルはそういった対応には慣れているらしく、まったくの無視で応戦する。

「これは楽しい旅になりそうですね」と、晴香は遠い目で呟く。「ところで、ボーン・ドクターは？」

「もう来てる。あそこだ」

ヘルの視線を追うと、焼きたてのパンの香りがただよう売店で、にこやかにパンとコーヒーを買っている一人の男性がいた。

これからコンサートにでも出かけそうな優雅なスーツに蝶ネクタイを締めており、フェルトの山高帽をかぶっている。目も鼻も口も大ぶりな造形で、「ごきげんよう」とこちらに向けた声もよく通ってバリトン歌手のようだった。

「はじめまして。ボーン・ドクターです」

帽子をとると、頭はつるりとしたスキンヘッドだった。年齢不詳だが、それなりの中年に見える。

いろいろと聞きたいことはあるが、ちょうどアンボワーズ方面へと運行するTGVのアナウンスが鳴った。

「詳しい話は車内で」

ドクターにいざなわれ、一行はTGVの車両に乗りこんだ。

通勤ラッシュらしい上りの列車に比べれば、下りは比較的空いていて、空席もいくつかあった。晴香はスギモトと並んで四人席に腰を下ろし、向かいにボーン・ドクターが座る。通路を挟んで、ヘルとルカが席についた。まもなく動きだした列車は、あっという間に郊外の田園風景へと走り抜けた。

コーヒーを一口含んだあと、ドクターはこう切りだす。

「みなさんは幸運です。今日、史上もっとも有名な天才の御遺骨を手にするわけですから」

「あの……なにかのツアーみたいですね。こんなふうに盗掘の現場まで連れていってもらえるなんて」

晴香が場を和ませるために言うと、ドクターはにやりと笑った。

「この業界にはさまざまな考え方がありますが、私は御遺骨を掘り起こす作業そのものを依頼人に楽しんでいただきたいのです。いわばアドベンチャー込みのエンターテインメントな御遺骨探し。サービス精神旺盛でしょう？」

「な、なるほど」

晴香は苦笑いしたあと、スギモトに小声で訊ねる。「本当に大丈夫でしょうか」

「ここまで来たら、藁《わら》にもすがれ、だ。ルイーズの形相を見ただろ？　それに、つい俺もやるって言ってしまったしな」

「そうでしたね」

晴香は遠い目で答える。

「お二人ともご安心ください」と、ボーン・ドクターが優雅な口調で言う。「盗掘に立ち会っていただくのは、御遺骨の信憑性《しんぴょうせい》を確保するためでもあります。ただ私が一人で見つけてきて、どうぞと手渡しても、たいていの依頼人は疑いますからね。そんな簡単に手に入るわけがない、ただの粉だろう、とね」

「でも発見者が多いと、誰が所有するのかで揉めませんか？」

「いいえ。幸い、御遺骨には山分けできるという利点があります。いっそ水に溶かしてしまえば、いくらでも分割できるのです。本物が少しでも混じっていれば、大金を払う顧客はごまんといますからね。いいビジネスでしょう？」

「なるほど。私には理解できないフェティシズムですが」と、晴香は肩をすくめる。

「それで、ドクターはレオナルドの〝御遺骨〟はどこにあるとお考えで？」

スギモトの問いに、ボーン・ドクターは山高帽をとってテーブルの上に置いた。そして紙ナプキンで口を押さえたあと、こうつづける。

「フランソワ一世のことはご存じで？」

「十六世紀前半のフランス王で、イタリアで起こったルネサンスをフランスでも巻き起こしたいと考えた教養人。そこでレオナルドを招聘《しょうへい》し、晩年の制作を支えた。これから向かうアンボワーズ城で、レオナルドの最期を看取った人物でもある」

スギモトがすらすらと答えると、ボーン・ドクターは手のひらを掲げて、上目遣いでぎょろりとスギモトを見た。

「今の説明には、ひとつだけ誤りがあります。たしかに新古典主義の画家ドミニク・アングルは《レオナルド・ダ・ヴィンチの死》という絵画で、死の床にある芸術家を抱くフランソワ一世の姿を描いています。しかしそれは、美術史家ヴァザーリが創作した感傷的な神話イメージに過ぎない。実際、フランソワ一世はレオナルドが亡くなった五月二日の翌日、アンボワーズから馬で走っても二日間はかかるサン・ジェルマン・アン・レーで勅令を出しています」

よく通る声で淡々と語るドクターを、今度はルカが遮る。

「しかしその勅令を出したのは王だが、署名したのは別人だった。署名は王の書記官によるものであり、審議の記録にも、王がその場にいたとは書かれていない。偉大な友人を抱くために、王がアンボワーズにとどまっていた可能性はある」

「その証拠は？」

ぐっと口ごもるルカを、ドクターはおかしそうに笑う。「以前から感じていましたが、学者の先生方は、少々ロマンチックな夢を見られる傾向にあられる」

席を立とうとするルカをなだめ、晴香は「それで、ドクターのお考えは？」と話の先を促す。

「ここで重要なのは、レオナルドが自身の遺言に従って、アンボワーズ城の教会に埋葬されたあとの話です。たとえば、一八〇七年、皇帝ナポレオンによって城の大部分が取り壊されました。そのあと、レオナルドの墓を守るという使命を背負った王家の者たちによって、根気強い発掘調査がつづけられました。一八七四年になんとかサン・ユベール礼拝堂へと御遺骨はうつされ、事なきを得ます」

「よかった、見つかったんですね」

晴香が安堵すると、ドクターは「ただし」とこちらを見据えた。

「今のは、先の長い受難のはじまりに過ぎませんでした。第二次世界大戦中、フランスがナチス占領下に置かれると、フランス王家の末裔アンリ・ドルレアンの執事が、ドイツ軍の到着直前に、ふたたび礼拝堂から取りだしました。というのも、当時ヒトラーがムッソリーニに御遺骨を贈りたいと考えている、という噂が流れていたからです」

「そんな噂が？」と、晴香は目を丸くする。

しかし美術好きのヒトラーなら、言いだしかねないことだった。実際、ナチスはレオナルドの名画《白貂《しろてん》を抱く貴婦人》をポーランドから略奪している。とはいえ、墓を掘り返すなんてよほどの覚悟がないとできない。

ドクターは顎の辺りを触りながらつづける。

「執事は少なくとも五年間、ベッドの下でスーツケースに入れて、御遺骨を隠し持っていたと言われています。そのあと、大戦が終わって亡命先からフランスに戻ったアンリ・ドルレアンに、執事は事情をすべて説明しました。そうして御遺骨は二人の手によって、アンボワーズ城内の庭園の、誰も知らない場所に埋められました。しかし現在まで、所在地は謎のままなのです」

さすがのスギモトも、そこまでは把握していなかったのか、黙って聞き入っていた。

一方、レオナルド狂とも言えるルカは驚く素振りも見せず、話し終えたドクターに「素人ながら調べてくれてご苦労様」と鼻で嗤った。

「当然ながら、大勢の研究者が庭園のどこに隠したのかを辿ってきたが、フランス王家からの調査の許可が下りず、断念せざるをえなかった」

「だからこそ、私のような非合法の調査員の出番です」

「フンッ、そんな簡単に見つかるとは思えないね。アンボワーズ城の庭園は、およそ二ヘクタールに及ぶ。すべて掘り返すなんて不可能だし、試みたところで捕まるのが関の山だろう」

しかしドクターは余裕たっぷりに笑った。

「これをご覧ください」

ドクターがタブレットで見せたのは古文書だった。

「アンリ・ドルレアンによる手記です。ここには執事とともに遺骨の隠し場所を考えたことが記されています。〝天からの託《ことづけ》を与《あずか》った天才が、永遠に安らかな眠りにつくために〟という文言が含まれているからです」

スギモトはタブレットを受けとり、古文書に視線を落とす。

晴香もとなりから覗くが、古いフランス語を読むことはできない。代わりに、その紙の縁を飾っている白貂と火トカゲのデザインに目を引かれる。どこかで見覚えがあるような気がした。でもどこで見たんだろう――。

「話を整理しよう」と、スギモトが言う。「大戦が終わったあと、フランスに戻ってきた王家の末裔は、執事から代々大切に守ってきた天才の遺骨を、ふたたび取り出したことを知らされる――」

「御遺骨です」と、ドクターがすかさず注意する。

「そうだった、御遺骨……って、丁寧すぎないか？」

「死者に敬意を払わねば、この仕事はできません」

「これから盗掘するのに、か？　まぁ、いい。とにかく隠し持っていた御遺骨を、ふたたびアンボワーズ城の地に埋めた、ということだな？」

「ええ。アンボワーズ城と、レオナルドが工房を構えたクルーの館つまり現在のクロ・リュセ城のあいだは、かつて地下道でつながっていました。私はそのどこかに安置されていると踏んでいます。また、この古文書にはなんらかの手がかりが残されているはずです」

「手がかりって？」と、ルカは焦れるように言う。

「それを解く役目は私ではなく、レオナルド・ダ・ヴィンチの専門家であるあなたと、天才修復士であるスギモト氏に譲りましょう」

そういうことか、とスギモトは席に深くもたれかかり、ルカは天を仰ぐ。ヘルだけは無表情ながらどこか楽しそうにやりとりを傍観しながら、オレンジジュースのパックをストローで飲んでいた。


トゥール駅で乗り換えてアンボワーズ駅に到着するまでの約二時間、スギモトとルカは議論を重ねながら古文書を読み解いていたが、これといって手がかりになる閃きはなさそうだった。他に手段がないので、まずアンボワーズ城を訪れて、ボーン・ドクターの言う地下道を探すことになった。

到着したアンボワーズ駅は、プラットフォームが二つだけのこぢんまりした駅舎であり、表にはタクシーも停まっておらず、城まで徒歩で向かうしかなさそうだった。

「今回の旅は、本当に行き当たりばったりだね。あのボーン・ドクターっていう男も大丈夫だろうか？　僕には胡散臭く見えるし、スギモトはなにを考えてるんだ。そもそもあいつを連れてきたヘルって子も不気味だし、ただの子どもみたいじゃないか」

ルカはとなりを歩く晴香に、小声で愚痴をこぼした。晴香はルカに対して、いまだに警戒心を解いてはいなかったが、ルカの方はこのなかで一番まともに話せるのは晴香だと考えているらしい。

ボーン・ドクターと並んで、五メートルほど先を歩いているヘルの背中を見つめながら、晴香はきっぱりと答える。

「大丈夫ですよ、きっと。少なくともヘルのことは信頼してください」

「なにを根拠に？」

「私たちはこれまで、何度か力を合わせたことがあるんです。私も最初に出会ったときはちょっと変わった人だと思ったけど、彼女ほど賢く強くて、自分の言ったことを最後まで守ろうとする意志の強さがある人はいませんから」

ルカはこちらから目を逸らして、頭に手をやった。

「困ったな……君もちょっとおかしいんじゃないか？　どうしてそこまで言い切れるんだい？　彼女は犯罪組織のために働いてたんだろ」

「人には人の事情があります」

ルカは肩をすくめると、歩調を速めて晴香と会話するのをやめた。そのとき、ヘルがこちらをふり返っているのに気づいたが、すぐに向き直り、いつものとぼとぼした歩き方に戻っていた。

アンボワーズは人口一万人ほどの小さな町であり、その中心にロワール川が流れている。駅は北側に、城は南側にあった。石造りの橋を渡るとき、王家の旗を風にたなびかせるアンボワーズ城を望めた。町の一番高いところからロワール川を見下ろす城は、夏の光に白く輝きながらも、歴史と伝統を感じさせる荘厳な趣がある。

ボーン・ドクターとヘルは、古い地図を頼りに市内を歩いて、地下道の潜入方法を探るという。

一方、晴香とスギモト、そしてルカは、アンボワーズ城を見学することになった。

アンボワーズ城は、レオナルドの墓が設けられたサン・ユベール礼拝堂や、坂を下ったところにあるクロ・リュセ城を含めて、すべて世界遺産に含まれている。

もともと要塞だったが、歴代のフランス王が幼少期を過ごすなど、王家に愛されながら少しずつ拡張と改修が重ねられたという。現在の姿になったのは十五世紀後半で、イタリアやフランスの建築家が総力を合わせた大改修がなされた。

当時、流行していた後期ゴシック様式を踏襲しながら、新たなルネサンス様式の意匠がつくられたように、庭園もイタリア式と融合したことで、幾何学的で左右対称な構成をしたフランス式庭園が誕生した例でもある。

まさにフランスとイタリアの友好の証《あかし》が、この城でもあるのだろう。

ただし、現存する城は、大改修された当時の壮大な全体像のうちの、ほんの一部に過ぎない。そのため見学できるスペースも限られており、城壁から見下ろすロワール渓谷の絶景の方が、観光客の目当てになっているようだった。

階段を上ったり下りたりしながら、あちこちに飾られた歴代の王の肖像画や、その説明文を見ながら進む。順路の途中で、見覚えのある名画のレプリカが何点か展示された部屋に辿りついた。そこは城内でもっとも高い塔の真下に当たる部屋だった。

「ここは？」

「おそらくサロンのような場所だろうな」

「壁に掛かっているのは、ダ・ヴィンチが晩年まで手元に置いておいた絵画ですね」

それらは《洗礼者聖ヨハネ》と《聖アンナと聖母子》、そして《モナリザ》――いずれもレオナルドが終焉《しゅうえん》の地アンボワーズに携え、最後まで筆を入れつづけた、自身の思い入れの強い作品だった。

「こうして並べてみると、とくに《モナリザ》と《洗礼者聖ヨハネ》は、あまりに対照的な作品ですね。どちらも笑っている一人の人物を描いたポートレイトなのに」

「そうだな。それに、二点とも謎が多い」

「それは、レオナルド作品の一番の特徴なのでは？」

「でも《モナリザ》ほど、何世紀にもわたって、互いに矛盾する古文書や証拠、そしてモチーフの解釈が混在する作品はないだろ？　描きはじめられた時期、モデルの正体、実際の容姿……現在でもなお、すべてなんの確証もないんだからな」

一五五〇年に初版が刊行されたヴァザーリの評伝には、レオナルドは父の知人だったフランチェスコ・デル・ジョコンドのために、妻リザの肖像を描いたと言及されている。しかしヴァザーリの作品記述は実際の《モナリザ》とは似ても似つかないため、多くの研究者を混乱させてきた。

それでも、レオナルドが没した地で《モナリザ》を見ると、説得力が違う。

さまざまな表情に解釈できるほほ笑み。美しい手の動き。着衣。背後に広がる神秘的な山と川。解剖学や自然の研究を重ねて才能を磨きつづけたレオナルドが、持ちうるすべての力を結集させた、世界でもっとも有名な絵画である。

「まぁ、謎を感じずにはいられないほど、魅力的ってことなんでしょうね」

「わからないから惹かれるという点では、《洗礼者聖ヨハネ》だって同じだ。レオナルドはサライのことを、きっと最後までよくわからない、得体の知れない存在として位置づけていたんじゃないかな」

サライは、レオナルドの手記に時折「弟子」として登場する美しき若者だが、レオナルドはサライのことを「泥棒、嘘つき、強情、大食らい」ともメモしている。サライはレオナルドの金を盗み、いたずらをして困らせてばかりいたが、レオナルドは彼を懲らしめなかった。

なぜなら、サライの美しさがレオナルドをつねに圧倒したからだ。彼らの関係は非常に曖昧で、謎に包まれているが、恋人関係にあったのではないかという説もある。その証拠に《洗礼者聖ヨハネ》に描かれた、柔らかな表情と巻き毛のサライに似た人物は、上目遣いで挑発的な笑みを浮かべながら、見る者を誘惑している。

また、他の多くの肖像画と違って、サライは暗闇から浮かびあがる。まるで「私だけに注目しろ」と主張するようだ。男性とも女性ともつかない中性的な体つきは、伝統的な「聖ヨハネ」の描き方から大きく逸脱し、苦行者としての要素はゼロである。

「前から思っていたんですが、人差し指で天を指してますけど、このポーズってなんなんです？」

「さぁな。でも大事な意味があるんだろう。〝手は口ほどに物を言う〟ってやつだよ」

「どういうことです？　〝目は口ほどに物を言う〟じゃなかったですか」

「俺の造語だよ。この時代の絵画は、人物を描くときなにより手が重視された。だからこそ近代彫刻でオーギュスト・ロダンが腕より先と頭部を切りとった塑像、つまりトルソをあえてつくったことは美術史上の大革新だった。それほどに、手はなによりも重要なモチーフだったわけだよ」

「じゃあ、《洗礼者聖ヨハネ》の手は、なにか意味が？」

「あるはずだ、きっとね」

晴香は《洗礼者聖ヨハネ》を描いたレオナルドの心境に想いを馳せる。

晩年、サライとはミラノで別れたレオナルドは、サライよりずっと若くて優秀だったメルツィという弟子をアンボワーズに連れてくる。それでも、アンボワーズの地で最後に描いたのはメルツィではなく、サライの姿だった。

晴香はあることに気がつき、スギモトの方を見た。

「レオナルドは自分にないものを持っている相手だからこそ、サライに惹かれたのかもしれませんね」

「ほう？」

スギモトは解説を読みながら、生返事をしてくる。

「年中研究に没頭し、高貴な人たちからも偉人として尊敬を集めたレオナルドは、自由気ままに生きることが難しく、窮屈ささえ感じていた。そんななかで、誰に対しても少年のようにとりつくろわず純真で裏表なくいられる天真爛漫なサライに、羨ましさに似た敬愛を抱いていたのでは？」

　スギモトが顔を上げて、こちらを見つめてくる。

「別に、単なる私の解釈ですが」

「……そうか」

「でもこの絵を見ていると、レオナルドの人間的な面が感じられます」

「なるほどね。たしかに君の言う通り、レオナルドはサライに、長年愛した自然の法則そのものを感じたのかもしれないね。決して自分の意のままにはならないからこそ、解き明かそうとせずにいられない。それに複雑な事情を持って生まれたレオナルドは、まだ幼い頃から達観していて、自分の失ったものを持つサライに憧れたわけだ」

「スギモトさんはサライとレオナルド、どちらに共感を抱きます？」

　晴香が訊ねると、スギモトは首を傾げて腕を組んだ。

「両方だな」

「えっ？　レオナルドにも共感するんですか？」

「もちろん。俺にもサライはいるから」

　そう言うと、スギモトは晴香に向かってウィンクした。

　からかわれている気分になった晴香は、気恥ずかしさを誤魔化すように、「なに言ってるんですか」と咳払いして歩きだす。

ルーヴル美術館まで彼を追いかけてきた頃のわだかまりが、少しずつ解消されているのは確かだった。スギモトだって自分と同じ気持ちでいてくれている。だったら自分も彼がわからないときがあって当たり前だ。それを不安がるのではなく、レオナルドのように面白がってもいいのかもしれない。

*

ヘルはこの旅に参加したことを後悔しはじめていた。

アンボワーズ城が閉館した夕刻、ボーン・ドクターはセキュリティをかいくぐって敷地内に忍び込み、あらかじめ見当をつけた場所を掘り起こしていたが、どこも不発に終わり焦りが滲んでいる。

そもそもボーン・ドクターなんかに頼ったのが間違いだったんじゃないか。

「城内に気になる場所があるのですが――」

ボーン・ドクターの提案に、ヘルは反対する。

「やめよう。庭園ならまだしも、建物のなかに侵入するのはリスクが高い」

「じゃ、どうするんだ？」と、不満をあらわにするのはルカである。

ドクターは少し考えてから、「じゃあ、こうしましょう」と切り替える。

「二手に分かれるんです。あなた方は、昼間に見つけた地下道の入口を探ってきてください。私は引き続き、この敷地内を探しますので」

「わかった」と、ヘルは肯く。

「おいおい、あんたはなんのためのドクターだ？　墓荒らしの専門家なんだろ」

ルカという男は人一倍、レオナルドの遺骨を見つけたいという欲望に憑《と》りつかれているらしい。さすがのボーン・ドクターも気分を害したかと思いきや、彼の反応は意外なものだった。

「達成感というやつは、苦労を重ねるほどに大きくなりますよ」

ドクターの言う地下道の入口とは、城から数百メートルと離れていない、昔は郵便局だったという建物の裏手にあった。

建物と建物のあいだの小さな路地に、立ち入り禁止と記された木の扉があり、そこを抜けると地下へとつづく階段が現れる。小さな町とあって夜は人通りが少なく、観光客もほとんど来ないエリアだった。誰かに目撃されることなく、ヘルにつづいて晴香、ルカ、スギモトが階段を降りていく。

地下道は人一人がやっと通れるほどの広さだった。懐中電灯の灯りで照らすと、壁面には大小の石が敷き詰められ、時折水音やネズミの鳴き声が届いてくる。

「ちょっと待ってくれ」

ふり返ると、スギモトが青ざめている。

「悪いが、俺は上で待ってる」

これくらいの暗闇でビビっているのか、とヘルは絶句した。

「スギモトさん、地下恐怖症なんです」

「なんだって?」と、ヘルは耳を疑った。

「昔エディンバラの地下都市で迷子になったトラウマらしくて――」

「そこまで説明しなくていい。とにかく、地上から連絡する」

スギモトは話を遮りながらも、吐き気を催しているのか、両手で口の辺りを覆った。

「おいおい、またか」と、ルカがため息を吐く。「ロンドンにいた頃、地下が怖くてどうやって美術館で働いてたんだ? 大英博物館にだって、地下に収蔵庫があっただろうに」

するとスギモトはなぜか自信満々な口調で答える。

「美術館の地下室にはネズミも嫌な臭いもない。こういうリアルな地下道は無理なんだ」

「やれやれ」

ヘルは心の底からうんざりしたが、これ以上口論している暇はなかった。幸い、地下でも電波はかすかにつながったので、スギモトはふたたび地上に戻り、リモートで連絡を取りあうことになった。

「いつでも俺を頼ってくれ！」

そう言い残し去っていくスギモトのうしろ姿を見送りながら、どの口が言うんだとヘルは呆れた。

「でもよかった、私一人でここを進めって言われたら、ちょっと勇気が出なかっただろうから」

晴香から言われて、ヘルは黙って肯く。

「ありがとう、ヘル」

「なにが？」

「スギモトさんからあなたに連絡したって聞いたとき、きっとあなたなら力を貸してくれるって気がした」

少し考えてからヘルは訊ねる。

「どうして私なら力を貸すと思ったんだ？」

「だって、それは、友だちだから」

ヘルは目を瞠《みは》るが、晴香は気がつかなかった。

「お母さんの具合はどう？」

「今ロンドンの施設にいる。ここに来ることは言ってない」

なぜ母のことを話しているんだろう。

――また会いたいと思う相手がいるなら、大切にしなきゃだめだよ。

母から言われたことが脳裏をよぎり、ヘルは顔を左右に振った。

「どうかした？」

「なんでもない。ここに来て、調子が狂ってばかりだ」

懐中電灯の灯りを頼りに、しばらく二人は黙々と地下道を進んだ。

そのとき、遠くの方からルカの叫び声がした。

「ちょっと来てくれ！」

弾かれたように晴香は走りだす。案外速い。

「どうしました？」と、晴香が息を切らして訊ねた先で、ルカがしゃがみこんでいた。ルカの前には扉らしき古い鉄の板があった。

「これを見て」

鉄の板にはアルファベットの短い一行が刻まれている。

Nutrisco et extinguo――ラテン語だ。

晴香が近寄って、一文字ずつ確かめると、こちらをふり返り声を張った。

「きっとここが正解です！　ここに来る前、何度か同じ意匠を見たことがありました。たとえば、ボーン・ドクターから見せられたアンリ・ドルレアンの手記にも、同じようにヒトカゲの意匠が用いられていました。気になって、あのあと調べたら火トカゲ、つまりサラマンダーはフランソワ一世が自らの紋章に使った図像で、傍らにこう記されていました。〝われ養い、かつ滅ぼす〟……ここに描かれている一文の意味です！」

「間違いないな。この扉を開けよう」

「お願いします」

ルカが鉄扉と格闘しているあいだに、晴香はスギモトと連絡を取りあった。

「なるほど、そこは気送管システムの一部だったのかもしれない」

スギモトが画面越しに、興奮気味な声で答える。

「気送管って？」と、晴香が訊ねる。

「古代アレクサンドリアから伝わる技術で、レオナルドも自らの手記にその試作品のスケッチをしていた。管のなかに物を入れて、空気圧によって遠方に送るシステムだ。とくに二十世紀前半のパリでは、ほとんどの郵便局や銀行が気送管によってつながれていたと言われる。今ではもう使われていないけれど、ここアンボワーズにもそのシステムが採用されていたんだろう。ここの入口は昔の郵便局の裏手だったことを思い出すと、なんらおかしな話じゃない――」

「開いた！」

ルカが息を切らしてこじ開けた扉の向こうを、ヘルたちは覗きこむ。

しかし、内側に待っていたのは、レオナルドの遺骨が入っていそうな箱や壺ではなく、一メートル四方のなにもない空間だった。ところどころに破壊された形跡があることから、すでに奪われたあとのようだった。

「そんな……」

呆然とする晴香の耳に、スギモトの声が届く。

「心配するな。最初から地下には期待していなかった」

「え、どういうことです？」

「答えはもうわかってる。レオナルドの遺骨は地下にあるんじゃない。地上……いや、天空にあるんだよ！」

*

ボーン・ドクターが夜間警備の目を盗み、城の外壁をよじのぼって塔に侵入するあいだ、晴香はスギモトたちと地上で待った。丘の上から見下ろすアンボワーズの街並みは、人工的な光も少なく静まり返っていた。むしろ夜空の方がまたたく星で明るいほどである。

塔にはオルレアン家の旗がはためき、よく見ると、火トカゲを模した小さな浮彫彫刻があった。

「サラマンダーはフランスとイタリアの親善の象徴でもある。あの塔はもともと監視塔で、城内でもっとも高い部分であり、またこの城が伊仏の絆《きずな》、つまり、王家とダ・ヴィンチの友愛を象徴する場所であることを表しているんだ」

「そういうことだったんですね……でもなぜ〝天空〟にあると？」

「さっきボーン・ドクターから連絡を受けとって、〝天からの託〟という古文書の一説がヒントになった。《洗礼者聖ヨハネ》が意味するところじゃないかってね。塔の真下に位置するサロンに、あの名画が置かれていた。天を指さしているヨハネの絵だ。フランス王家の末裔はそのジェスチャーに意味を込めたんだよ」

「なるほど！」

「墓が地中ではなく、遥か上空にあるとは誰も思わない」

ボーン・ドクターが塔のなかに到着したという。スマホで映像をつなぐと、薄暗い螺旋《らせん》階段を昇っていくボーン・ドクターの足元が見えた。登りきると強風でノイズが混じる。数メートル四方の展望台に出たらしく、小さな鐘《かね》が釣られていた。

「あれは？　もう少し右に寄ってくれ」

スギモトが訊ねたのは、画面の隅にうつっている一枚のドローイングだった。

「《マテルダ》の複製画が、なぜここに？」

それはレオナルドが晩年の手稿に描いた、謎多き少女のドローイングであり、なぜかそのコピーが額に入れられ壁にあった。

少女はこちらを見つめながら、片手を胸の辺りに当て、もう片方の手でどこか遠くを指し示している。少女の微笑は、見る者をからかうようでもあり、《モナリザ》の微笑を思い起こさせるものでもある。

一説には、ダンテの『神曲』で、煉獄から天国へと導く魂マテルダだとされるが、いまだこの少女のモデルや制作意図を突きとめた者はいない。ただマテルダと見られる少女が、小さな湖の岩場に立って、木々や花に囲まれながら、こちらを導こうとしている。

「まただ……なにかを指してる」と、晴香は呟く。

「その先になにがある？」

スギモトの問いに従って、ボーン・ドクターの視線が動く。

その先には古めかしい木箱があり、なかを開けると茶色く経年劣化した陶器の壺が鎮座していた。青い染付がなされた壺は鍵がかかっているが、本当に遺骨が入っているのではないかと想像するのに十分な佇まいである。

ボーン・ドクターはすぐさま持参したリュックのなかに壺を押し込んだ。

スギモトは読唇術や養蜂などの変わったスキルや趣味を多く持つが、そのうちのひとつ、ピッキングの技術にこんなにも感謝する日が来るとは、晴香は想像もしていなかった。

スギモトが壺の鍵を外すと、ごく少量の白い破片が複数入っていた。夜明けとともに一行は始発に近い列車でパリに戻り、ルカが懇意にしている法科学研究所に鑑定を依頼する運びとなった。

鑑定結果が出るまでのあいだ、晴香は違和感を拭い切れなかった。本当に遺骨が見つかるなんて、こんな都合のいいことが起こるだろうか。実際に起こったとはいえ、このまま鵜呑《うの》みにするのか。けれど違和感の理由もはっきりせず、スギモトとも十分に話し合えていない。

当の発見者であるスギモトにしても口数が少なく、発見された骨壺やボーン・ドクターが残した映像をくり返し見ていた。

アンボワーズから戻った二日後、ヘルは先にロンドンに戻ることになった。時間を持て余していた晴香は、空港まで見送りに行くことにした。

「これ、よかったら」

別れ際、晴香が渡したのは、アンボワーズの土産屋で買った小さなタペストリーである。ロワール渓谷には、世界最古のタペストリーで有名なアンジェという町があり、そこの城に展示されている《ヨハネの黙示録》を模したタペストリーだ。ヘルはどうせ土産を買っていかないだろうと踏んで、代わりに買っておいたのだ。

「どうして？」

「どうしてって、たぶんあなたは買わないだろうから」

「いらないから買わないんだ」

「じゃあ、あなたのお母さんに」

いつまでも受けとらないヘルに、押しつけるように手渡すと渋々鞄に入れた。

「礼は言わない」

「いいよ。私の気持ちだから」と、晴香はほほ笑む。

ヘルは不機嫌そうな顔で、にこりともせず「じゃあ」と搭乗手続きへと向かう。しかし数歩先で立ち止まったかと思うと、踵《きびす》を返してきた。

「ありがとう」

それは晴香にとっては当たり前に使う言葉だったが、ヘルの口から聞くのはとても珍しく重みを感じる。

「どういたしまして。気をつけて」

晴香はヘルのうしろ姿が見えなくなるまで、ずっと手を振りつづけていた。


ヘルがロンドンへと帰った翌日、予定より早く結果が出たという報《しら》せをルカから受け、スギモトと晴香はルーヴル美術館に向かった。

会議室に座っていたルカは、研究所から受けとったという鑑定書のコピーを二人に配布する。

「ついに一致したよ。あの遺骨と、今回収蔵庫で発見された《大洪水》らしき素描に残されていた血痕のＤＮＡがね」

ルカは身を乗りだしながら、鼻の穴を膨らませる。

「今ルイーズにも連絡をとったから、報告に立ち会ってほしい。ますます忙しくなるぞ。レオナルドの真作がルーヴルの収蔵庫で発見されたと公表できるわけだからね。残念ながら部外者である君たちの名前はプレスリリースで公表できないだろうが、個人的には心から感謝している」

一気に話し終えたルカが、ようやくこちらを見た。

「どうした？　二人ともそんな暗い顔をして」

「いえ、私は……なんだかちょっと驚いてしまって」

「驚くのも無理はない、レオナルドのＤＮＡと同定されたんだからね」

ルカは鑑定書を叩きながら、晴香の肩を叩いた。

そのとき、スギモトの冷静な声がした。

「君はやはり、なにかに憑りつかれているらしい」

「なんだって？」

ルカが視線を動かさず、笑みをたたえながら呟く。

「じつは俺の方でも報告があるんだ」と、スギモトは別の書類をテーブルに置く。「見つかった骨の古さを検査した。すると、五百年前のものとは言い難いと判明した。むしろ、ごく最近の骨である可能性が高い。じゃあ、どうして今回の鑑定では、《大洪水》らしき素描に残された血痕とＤＮＡが一致したのか？　数日前、とある遺体安置所で不法侵入があったらしい。侵入者は死者の血液と骨を盗んだのかもしれない」

スギモトは上目遣いでルカを見つめるだけだ。

「もしかして、私たちに隠れて、別人の遺骨を城に置いたんですか、ルカさん！」

「違う、僕はなにも知らない！　きっと君たちが闇市場から連れてきた得体の知れない女が犯人だよ」

「それは違います」と、晴香は思わず答える。「ヘルじゃないです」

「君たちはずいぶんと、彼女の肩を持つね。彼女は彼女で、本物の遺骨が発見されれば、自分のものにするつもりだったんじゃないのか」

「まさか！　それは絶対にあり得ません」

晴香とルカが言い争うのを止めるように、スギモトは冷静に口をひらく。

「たしかにヘルは犯人じゃない」

「じゃあ、誰の仕業なんだ」と、ルカは焦れるように言う。

「別の人物……そいつは事前にあの塔に侵入し、盗んだ遺骨を忍ばせただけでなく、鑑定するときに《大洪水》から採取した血痕の成分と、死者から採取した血液とをすり替えたんだろう。でも、その人物は……ルカ、君じゃない。だろ？　君の仕業なら、いつあれほどの細工を城に仕込んだのか、そこまでする理由があるのか、いろいろと辻褄《つじつま》が合わなくなるからね」

ルカは胸を撫でおろすように「だから言ってるだろ？」と息を吐いた。

「じゃあ、誰なんです」

「ボーン・ドクターしか考えられない。彼は以前、アンボワーズ城に忍びこんで遺骨を探している。そのときに《洗礼者聖ヨハネ》の暗号を解いたが、その時点でもう塔に骨はなかったようだ。誰かに先を越されたのか、それとも、複製画や古文書は城の持ち主による罠だったのか……その辺りははっきりしないが、少なくともボーン・ドクターは今回ヘルからの連絡を受けたときに一儲けできると踏んだんだろう」

「だから詳しかったわけですね」と、晴香は唸る。

「ああ。本当は、最後までルカ、君が関わっているかもしれないと疑っていたが、どうやら君の熱意をうまく利用されたようだ。どうせ法科学研究所のスタッフにも、無理やり意見を通したんだろう?」

ルカは口を真一文字に結んで、ただスギモトをじっと見つめていたが、その表情で答えは十分だった。

「……ボーン・ドクターはどこに?」

「もう音信不通だよ」

そのとき、会議室の扉が開いて、その向こうにルイーズが立っていた。

ただならぬ気配をただよわせる彼女の姿に、晴香は今までに経験したことのない嫌な予感を抱いた。

ベッドと小さなテーブルしかない殺風景な病室でも、タペストリーを飾ると少し華やいだように感じられた。壁にピンで留めたのは、土産用に小さく織られた赤地のタペストリーで『ヨハネの黙示録』の一場面を表している。天使によって羽を授けられた女が七つの頭を持つ竜に立ち向かう図だが、晴香はあえて私のためにこのパートを選んだのだろうか、とヘルは考える。

＊

「おまえが土産を買ってくるとはねぇ」

車椅子に乗った母が、背後から声をかけてきた。

「私じゃない。もらったんだ」

「誰から？」

「誰でもいい」

ヘルはいつになく愉快な気分だった。

今回のダ・ヴィンチの件が決着した暁には、それなりの報酬をスギモトに約束させたのだ。

あいつにまた手を貸すのは癪《しゃく》だが、ボーン・ドクターを紹介した身として、勝手な企みを見過ごすわけにもいかなかった。

それに、晴香からもらった「友だち」という一言を思い出すと――。

「なにを一人で笑ってる？」

「別に」

ヘルは慌てて真顔に戻る。

「おかしな子だね」

「でも、あんたの子だよ」

母は鼻を鳴らして笑うと、テレビのスイッチを入れた。夕刻のニュース番組が放送されている。ヘルは視聴者の関心を引くために脚色されたテレビの効果音が苦手で騒音にしか聞こえないが、母は年々そのボリュームを上げている。

部屋を出ていこうとしたとき、女性キャスターの声がこう知らせる。

「つづいてのニュースです。英国のロイヤル・コレクション・トラストが、フランスのルーヴル美術館への抗議文を正式に発表しました。レオナルド・ダ・ヴィンチの盗品の返却を、同館に求める旨が記されています」

ダ・ヴィンチというキーワードに、ヘルはモニターの方をふり返る。

チャンネルを変えようとする母に、「変えないで！　ボリュームを上げて」と早口で注意する。

「発表によると、盗品は本来ロイヤル・コレクションの一部であり、なんらかの人為的ミスによりルーヴル美術館の収蔵庫に紛れ込んだ可能性が高いとのこと。詳細は調査中ですが、ロイヤル・コレクション・トラストはルーヴル美術館の速やかな対応を求めるとともに、盗まれた経緯についても警察と協力して調べています」

キャスターがつぎのニュースを読みはじめるが、ヘルの耳には入らなかった。

CONSERVATOR

第四章

来歴《大洪水》

一六四九年一月三十日――。

ウェストミンスター寺院からほど近く、英国政府の中枢とも言えるホワイトホール通りは異様な緊張感に包まれていた。

数えきれない人々が固唾を呑んで見守るのは、バンケティング・ハウスと呼ばれる王族のためにつくられた宴の館だった。ただし、本来純白の装飾的なファサードも、その日は世の中の怒りや悪意をすべて積みあげたような黒く冷たい足場に隠されていた。

司祭とともに、黒衣をまとった一人の小柄な男性が現れた。はじめ、誰もその男性の正体に気がつかなかった。大きな額は青白く、濃い眉の下から覗く目はぎょろりと大きい。肩まで伸ばした髪は灰色でもつれている。その男性こそが、四十八歳の国王チャールズ一世だった。

波動のようなどよめきに、チャールズ一世ははじめて遠くまでつづく群衆を見た。罵声を浴びせる者、好奇の目を向ける者、やめてくれと泣きだす者。老若男女問わず、なかには高く掲げられた赤子までもが、一斉にこちらを見ている。

つづいて現れた二人の大柄な処刑人の、巨大な斧が目に入った。手練《てだ》れの処刑人も、さすがに身元を特定されることを恐れているのだろう、黒いマスクで顔を覆って息を殺し、一言も発そうとはしない。

怖気づくのは当然だ――。

前代未聞のレジサイド《王殺し》を目撃するために詰めかけた群衆も一様に、本当に王を殺すのか、王が神として君臨していた世界はどうなるのか、と好奇心と不安がせめぎあうような表情を浮かべている。

しかし彼らと王のあいだには、どんな声も届かないくらいの距離がある。あいだに入るのは、王を長きにわたって裁判で断罪し、「人民の権利と自由を守る」ために有罪を言い渡した議会の面々や、彼らの率いる軍人たちである。

チャールズ一世は天を仰ぎ、なすがままに任せた。

もはや彼の耳には、執行人が儀礼的に読み上げる判決文や条例など入ってこなかった。彼の意識は遠く、別のことに向いていた。二十代半ばから集めてきた千五百点にもわたる絵画と五百点もの彫刻作品である。

他はどうでもいい。あれほどの労力を注ぎ、たった一代でつくりあげたコレクションは、今や欧州を見渡しても比類のない質量を誇る。瞼《まぶた》の裏で、命と同じくらい大切なそれらの美術品を思い浮かべながら、王は時間をやり過ごした。

ここバンケティング・ハウスの天井画も、ネーデルランドの巨匠ルーベンスに依頼して描かせたものである。父ジェームズ一世の神格化を祝う画題であり、自らの王権神授説をも補強するためだ。巨匠はアントワープの工房で何年もかけて完成させてくれた。

ただ、願わくは一点だけ、最後にこの手に抱きたかったものがある。

レオナルド・ダ・ヴィンチの手稿――。

もう一度、あれを見たかった。夜明け前、必死に付き添い役に頼み込んだが、やはり許されなかった。

はじめてレオナルドの手稿を手にしたのは、まだ自分がプリンス・オブ・ウェールズだった頃である。仲介人によると、あの手稿は、レオナルドの遺言によって弟子のメルツィに贈られたのち、メルツィが死去した一五七〇年に相続人の手からスペインの宮廷に渡ったらしい。

実物を見せられたとき、稲妻に打たれたようだった。幻の聖遺物に触れたとしても、あんな気持ちにはならないだろう。

百年以上前に没して伝説となった天才芸術家は、たしかに存在していたのだ――。

その実感が胸に押しよせ、自然と涙がこぼれた。なぜならそれは、レオナルドが触れたであろう紙だからだ。インクのかすれや跳ね、些細な線のひとつひとつが、レオナルドの息遣いや体温を伝えてくる。

手稿には芸術的な素描や解剖図にまつわる文章が含まれたが、とくに心惹かれたのは、世界のすべてを呑みこむような《大洪水》の連作だった。恐ろしい波でありながら、安らぎを得ている自分がいた。

彼もまた、人だったのだ、と実感したからだ。

ダ・ヴィンチは神ではない。一人の人として苦悩し、過ちを犯し、生きていた。

そう悟ったとたん、霧が晴れた。王として、国教会の神として振る舞うことを求められた自分の足枷《あしかせ》は、いとも簡単に外された。長年の抗争で血ぬられた自分の手に、許しを与えてくれたような気さえした。

あの手稿をわが物とするためには、どんな対価も惜しまなかった。結果、引き換えとしてホルバインの傑作《エラスムスの肖像》と、わけても大切にしていたティツィアーノの名画も失ったが、後悔はまったくしていない。

もともとプリンスとしてスペイン王女との縁談があってマドリードに渡っていたはずが、花嫁の代わりにレオナルドの手稿を得た。

「言い残すことは？」

司祭から問われ、チャールズ一世はあらかじめ決めていた文言を伝える。しかし声は、怒号のなかでかき消され、誰の耳にも届いていないようだった。ただ一人、司祭だけが傍らでその文言を走り書きするのが見えた。

最後に、王は目を閉じた。

死にたくない！　失いたくない！

「待ってくれ」

司祭がメモをとる手を止めて、こちらを見つめる。

「ひとつだけ頼み事を聞いてくれないか？　これは個人的な頼みだ。国王としてではなく、一人の友人として――」

瞬きをくり返すだけで返答しない司祭の足元に、チャールズ一世はすがりつく。傍らにいた執行人が慌てて止めに入るのも構わず、一心不乱に司祭の足を摑みながら声を張り上げる。

「余が死んだのち、あの素描を――私がスペインから持ち帰ったレオナルド・ダ・ヴィンチの手稿も切り刻んでほしい！　余の魂を弔うために！」

ルーヴル美術館と往復していたアパルトマンの部屋は、しょっちゅう水道や電気に不具合をきたして困っていたはずなのに、荷物をスーツケースにまとめていくうちに愛着がわいていたと気がついた。

半年少ししか滞在しなかったが、とても長い月日だったように思える。はじめて宿泊した夜、晴香はこんなにも長くパリにいるとは予想していなかった。

少しずつ買いそろえた食器や家電などは滞在中に出会った人たちに譲ったり、リサイクルショップに持っていったりして処分した。修復にまつわる道具は、ルーヴル美術館のコンサバターであるマルタンが引きとってくれるという。

スーツケースの中身は最初に来たときと様変わりし、パリで買った夏用の衣類やお土産でいっぱいになった。

荷物をすべて片づけ終えたとき、ドアをノックする音が聞こえた。

「準備はできたか？」

返事するよりも早く、スギモトが現れた。

「ちょうど今」

あとは管理人に鍵を引き渡し、シャルル・ド・ゴール空港に向かうだけだ。

アパルトマンを貸してくれているフランス人の修復士は、いまだパリに帰ってきてはいないので、もう少し滞在することもできたが、これ以上スギモトと晴香がパリにいる理由はない。

「なんだか残念ですね」

「仕方ないさ、俺たちは力及ばずだった」

管理人との手続きを進めながら、晴香はこれまでの経緯をふり返る。

アンボワーズから戻り、ボーン・ドクターが裏工作をしていたことがわかった。

じつは同日、ルイーズのもとに英国ロイヤル・コレクションの職員が数名訪ねていた。例の素描をその目で確かめるためである。職員のなかには「ウィンザー手稿」の専門家も含まれていた。

ルーヴルの収蔵庫から《大洪水》らしき一枚が見つかったと聞いた彼らは、それがかつてロイヤル・コレクションの目録に含まれていたものだと最初から確信しており、すぐさま英国に返還を求めてきた。

ところがルーヴル美術館やフランス政府は、紛れ込んだ経緯がわからないので、簡単に返却するわけにはいかないという主張らしい。

館長であるルイーズは矢面に立たされ、これまで長らく事実を隠ぺいしていた——隠ぺいと言われるのは心外だと本人は憤っていたが——という理由から、落としどころが決まり次第、責任を厳しく問われるだろう。

当然、調査を頼まれていたスギモトや晴香、そしてルカも、いったんあの素描から離れることになった。今では別の職員が引き継いだのか、それとも放置されているのか、晴香には知る由もなかった。

まさに〝力及ばず〟という結果に、さすがのスギモトも意気消沈した様子で、言葉少なにアパルトマンを引き払う手続きを進めていた。地上階のドアを開けると、今朝からどんよりと曇っていた空から、いよいよ雨も降りだしていた。夏の盛りは過ぎて、秋の気配さえ感じる物悲しい天気だった。

「じゃ、行くか」

スギモトはスーツケースを持ってアパルトマンを出て、タクシーを呼び止めた。

タクシーの車内で、晴香は改めて気になっていたことを訊ねる。

「ロイヤル・コレクションにレオナルド・ダ・ヴィンチの《大洪水》が含まれているのは有名なのに、スギモトさんは最初から問い合わせなかった。それってやっぱり、こうなることを予測していたからですか？」

「そうだな、相手が協力してくれるとは限らないし」

「なるほど……やっと腑に落ちました」

ロイヤル・コレクションはその名の通り、英国王室が所蔵する世界的なコレクションである。王室の組織内で運営され、戴冠式などの公式行事や国内外での公務で使用されることもあった。

それらはウィンザー城をはじめ、王たちの居城であるバッキンガム宮殿、エディンバラのホリールード宮殿などに保管されている。一般に公開されるときもあるが、普段は城のなかで大勢のコンサバターがケアや管理を行なっていた。

膨大なコレクションのなかでも最重要視されるのが、六百枚にもわたるレオナルドの「ウィンザー手稿」である。

「ただ、それだけじゃない」

スギモトの呟きに、晴香ははっとする。

「そういえば、当初スギモトさんはロイヤル・コレクションで知人が働いているって言っていましたね。気まずい理由でもあるんですか？」

「……まぁな。今になってみれば、もっと早く行動にうつせばよかったのかもしれない」

そう言いながら歯切れが悪くなるスギモトに、晴香はもう問い詰める気も起きない。本降りの雨のなかにかすむパリの景色を、黙って眺めるだけだった。

シャルル・ド・ゴール空港に到着してタクシーを降り、雨がかからないように足早に屋内に入る。搭乗手続きを終えたあと、晴香は出国ロビーのベンチに腰を下ろし、スギモトは売店に向かった。ロンドンに残してきた仕事について考えていると、彼が戻ってきた。顔を上げると、あたたかい飲みものを両手にひとつずつ持っている。

「コーヒーだ」

「ありがとうございます」

「いや、礼を言うのはこっちだよ。それと、申し訳なかった」

いつになく真面目なトーンに、晴香は面食らう。

「なぜです？」

「俺の都合でパリに呼びよせたわりに、一番重要な問題は未解決に終わったから」

スギモトは晴香のとなりに座って、雨に濡れた滑走路を眺める。

「楽しかったですよ、私は。謝らないでください」

「たしかに君はパリを満喫してたな。食事も美味しいって」

スギモトに笑顔と嫌味が戻ったので、晴香はいくぶん安心した。

「諦めるんですか？　本当に」

少し驚いたように、スギモトは身を引いてこちらを見た。

「そうするしかないだろ」

「でもルイーズさんは、スギモトさんにとって大切な友人でしょう？　マクシミランさんにとってもそう。それなのに今も戦っている彼女を一人パリに残して、手を引いていいんですか？」

彼は少し考えたあと、窓の外に視線を投げた。

「でも、俺たちはもう部外者だ」

晴香は深呼吸をして、コーヒーであたためられた右手を、スギモトの左手に重ねた。スギモトの驚いたような視線を受けとめながら、晴香は強い口調で訴える。

「そんなに弱気な人でしたっけ？　いつも頼まれてないのに、首を突っ込んで強引に解決していくのに」

スギモトはなんとも言えない顔をして、晴香のことを見る。

周囲にはたくさんの旅行者が往来しているが、二人の周りだけ時間が止まったように感じた。

「そうだな。諦めるのは早いかもしれない」

「そう来なくちゃ」

晴香の右手を、スギモトは握り返した。

タイミングよくロンドン行きの便についてのアナウンスが流れ、ロビーで待っていた乗客たちが列をつくりはじめた。晴香もスギモトとともに立ちあがってつづきながら、機内ではもっぱら今後の作戦会議になりそうだと決意を新たにした。

＊

アンリは二十年間、平日はほぼ一日も欠かさず、バスと地下鉄の始発を乗り継いでルーヴル美術館に通っていた。

出勤は明け方六時。美術館の裏手にある半地下になった目立たない通用口から入り、警備員の前でセキュリティのゲートをくぐる。控室で制服に着替え、掃除用具を受けとったあと、いざ持ち場へと向かう。ルーヴル美術館では百人を超える数の清掃員がシフト制で働いているので、ルールや手順は細かく定められている。

その日は、半地下の展示室の床をモップで磨く作業からはじまった。

南側の窓から朝日が差しこんで、束の間、石造りの回廊はあたかも古い修道院に迷いこんだかのような厳《おごそ》かな雰囲気に満ちた。窓際に掛けられた聖母子像や聖書の場面を表したレリーフが、鋭い夏の朝日を浴びて濃い影を落としている。宙にただよう埃《ほこり》が、光線のなかで揺らめいていた。

アンリはしばらく手を止めて、その光景を眺める。

美術館以外で清掃員をしたことはないが、時間帯によって変わる館内の様子を、誰にも邪魔されずに楽しめるのは、この仕事の素晴らしい点だと思う。とはいえ分単位でけっこうなノルマが決まっており、集中力を欠くとすぐに時間が足りなくなるので、一瞬の楽しみに過ぎなかった。

そのあとは、水浸しになったトイレを掃除し、ハンカチや時計といった落とし物を速やかに警備に引き渡した。さらに、使用済みの車椅子を消毒していると、バックヤードの水回りを拭いておく余裕がなくなった。

――目立たない場所なら、毎日やらなくてもバレないでしょ？

新人から以前、そう言われたことがある。

しかし見えない場所であっても、毎日手入れしておかないと汚れは倍になって自分たちに返ってくる。黒い染みがとれにくくなったり、面積が広くなったりするのだ。作業の面倒さを考えれば、簡単にでも拭いておけばどれだけ楽になるか。

美術館のように清潔なイメージのある場所でも、人が動いている限り汚れは蓄積する。ましてやここルーヴル美術館は、一日に三、四万人が出入りするのだから、清掃員一人一人の責務は重いと、長年の経験から実感していた。

開館時間の午前九時に持ち場を去ると、いったん控室に戻る。シフトには開館時間中に巡回する枠と、閉館後に「夜掃」をする枠のふたつがあるが、アンリはほとんど前者を担当している。

「今日の予定は？」

着替えているアンリに声をかけてきた同僚は、数年前に会社を定年退職した同世代の男性である。清掃の仕事では、アンリの方がはるかにベテランだが、ここでは上下関係はあまりない。

「決めてないね」

「私はこれからギャラリーツアーに参加するんだ。せっかくだから」

訊いてもいないのに、同僚は笑顔で語る。

「楽しんで」

アンリは何度も洗って色褪《あ》せた制服を、使い古したリュックに入れながら答える。

「ところで、このニュースを知ってるかい？　先週見つけたんだけど」

同僚からスマホを受けとると、画面にはアンリがずっと待っていた内容の記事が表示されていた。とはいえ、第一発見者がアンリであるとは知る由もない同僚は、興奮気味にしゃべりつづける。

「これ、本当かな？　ルーヴルの地下収蔵庫で発見された作品が、じつは英国のロイヤル・コレクションの一部だったなんて嘘みたいな話だよ。いったい誰が、どんな経緯で見つけたんだろうね。私が第一発見者だったら手が震えるな」

「そんなことがあったのか！」と、近くにいた清掃員がアンリの代わりに答える。

「ああ、事実は小説より奇なりだな」

白熱する彼らのもとから、アンリはさりげなく「じゃ、私は行くよ。お疲れ」と手を上げて去る。

控室から出ると、アンリは「やれやれ、やっとか」と小声で呟いた。

あんなにもヒントを与えたのに、あいつらは今までなにをしていたんだ――。

郊外で家賃も比較的安いこのワンルームには、清掃員の仕事をはじめた頃から暮らしている。アンリは独身で子どももいない。若い頃にルームシェアした経験を除けば、ずっと一人暮らしである。このワンルームに訪ねてくる者など滅多にいない。

しかしその日は、珍しく来客があった。

「はい」と答えても返事がないので、配達員かと扉を開くと、かれこれ二十年以上も会っていない知人が立っていた。記憶よりも老け込み、病気を疑うほどである。でもそれは、過去の自分の成れの果てとも言える姿だった。

「久しぶりだな、アンリ」

「……どうしてここを知っている？」

かつての仕事仲間に、アンリはやっと訊ねた。

「前に尾行したことがあるんだ。おまえの姿をルーヴル美術館で見たっていうやつがいたから、待ち伏せして探したんだよ。といっても、もう十年以上前のことだけどな」

「私はもう、足を洗ったんだ。今更なぜ？」

「知ってるよ。今日は、ひとつ訊きたいことがあってな」

相手は有無を言わさず、アンリの部屋に入ってきて、勝手に椅子にどかりと座った。

「殺風景だな」

「私には十分さ」

「変わらないな、おまえは。昔からそういうところを気に入ってたんだけどな。余計な欲を出さず、身の丈にあった見返りで満足するところを」

相手は含みのある言い方で呟きながら、部屋のなかを見回した。

居心地が悪くなり、アンリは先を促す。

「訊きたいことは？」

相手はアンリのことを見据えて、こう訊ねた。

「あれは、おまえが持ってたんじゃないのか」

アンリは深呼吸をして、「なんの話だ？」と答える。

「あの美術品だよ」

「まさか」

「ニュースを見て、驚いたよ。まさか今になって動きがあるとは思わなかった。でも記憶を辿れば、これで辻褄が合う。おまえは昔から、腹の内を明かさないやつだった。おまえがずっと隠し持ってたんだろ」

「……どうして私だと言い切れる？」

「あのとき、あの美術品と一緒に、おまえも消え失せた。誰にも言わずにルーヴル美術館の清掃員になって、なにを企んでいるのかと思ったら、二十年以上も経ってあの美術品の行方が明らかになった。これだけで十分だろ？」

「なにを言ってるのかわからない」

「とぼけるなよ」

「本当に知らないんだ」

アンリは言い、背を向けた。相手は食い下がるかと思ったが、それ以上詰問することも摑みかかってくることもなかった。もはや二十年以上前の出来事なのだ。アンリはただ拳を握って呼吸を整える。

相手は立ちあがると、アンリのすぐうしろで呟いた。

「おまえが殺したのか？」

アンリは答えなかった。ただ立ったまま、壁を睨んでいた。

「俺は忘れてないぞ」

ドアが閉まる音がして、相手が帰ったのがわかったあとも、アンリはその場から動けなかった。決別したと思っていたはずの自分が、またしても付きまとう。むしろ、以前よりも当時の光景が、頭から離れなくなっている。

とたんに激しい後悔が、アンリを襲った。

本当に、あれを地下収蔵庫に置いてきてよかったのだろうか――。

こんなときこそ、あれを――あの作品をもう一度、手に抱いてみたかった。この目で確かめたかった。あの美しい線を。繊細に描きこまれているのに、ひとつの塊として水の勢いを表現した卓越した技巧を。しかし同時に、不気味な生き物のように、つねに蠢《うごめ》き追ってくる不吉な存在でもあった。

あの素描の持つ魔力に、アンリは長らく魅了され囚われていた。

正直に名乗り出ようと何度も決心したが、いざ取りだして向きあうと、あの素描は必ずこちらの心を揺るがした。そうして一日、一日と本当のことを話すチャンスを失い、二十数年も経ってしまった。

あれと出会っていなければ、自分は別の人生を歩めていたかもしれない。

そんな考えが浮かんで、すぐに打ち消す。いや、あのときなんの変化がなくとも、行きつく先は今訪ねてきた昔の仲間のように、惨めで嫉妬深い中年男だった。少なくともあれと出会えた自分は、美とはなにかを知れたのだ。

「許してくれるだろうか」

アンリは戸棚の奥深くに仕舞い込んでいた段ボール箱を引っ張りだした。箱に入れて大切に保管していた、黒いボディのライカＭ６を手にする。当時は最先端の代物だったが、今では骨董としての価値の方が高いだろう。

ファインダーを覗くと、あの人――ボスの気配を感じた。

＊

久々にベイカー・ストリートのフラットに戻ったのも束の間、荷物をゆっくりと片づける暇もなく、晴香とスギモトはバス乗り場に向かった。

ベイカー・ストリートからハイドパークとグリーンパークを経由して、バッキンガム宮殿の一角にあるクイーンズ・ギャラリー近くに辿りつく。

ダ・ヴィンチの《大洪水》を含めた「ウィンザー手稿」を所蔵するのは、その名の通りウィンザー城内にある王立図書館であるが、この日スギモトが訪ねたい相手は、クイーンズ・ギャラリーで企画展を担当しているらしい。

バッキンガム宮殿では毎日定刻になると、黒と赤の制服を着た衛兵たちが楽器隊や騎馬隊とともに一糸乱れぬパレードを披露する。そのため記念碑周辺は人だかりで歩けないほどだが、クイーンズ・ギャラリーは美術ファン以外あまり訪れない、知名度もさして高くない場所だった。

「比較的、新しいギャラリーですよね？」

「もともと十九世紀前半に温室としてデザインされ、そのあとヴィクトリア女王のプライベート・チャペルに改修された。でも一九四〇年に空襲で倒壊し、ロイヤル・コレクションを一般公開するためのギャラリーに生まれ変わったのは一九六二年だ」

「そう聞くと、やっぱり歴史があるんですね」

ギリシャ神殿を思わせるような大理石の列柱で装飾された入口には待つ人の列もなく、スムーズに入場することができた。入ってすぐに、王室関連のグッズ——ロイヤルドッグとして親しまれるコーギーのぬいぐるみや、王室御用達の紅茶やクッキーの缶など——が山のように販売されていた。

その日、ギャラリーで開催されているのは、王室が所蔵する日本美術を集めた展覧会らしい。

「日本の名品も多いんですね」

「徳川家康の頃から日英関係がつづいて、かれこれ四百年の付き合いだからな」

待ち合わせ時間まで少しあるので、晴香とスギモトは先に日本美術の展覧会を見学することにした。

メインとなる部屋には、黒や金や朱色で彩られた、鉄や漆の甲冑《かっちゅう》が鎮座していた。はるか遠くのヨーロッパで、故郷の伝統美術と出会うたび、晴香はいつもしみじみと文化の強みを実感する。キャプションを見ると、岩井与左衛門による胴丸だという。

「岩井与左衛門って、徳川家康の甲冑師でしたっけ」

「ああ、御用具足師だな。これは日英の正式な国交がはじまった一六一三年に、二代将軍徳川秀忠からジェームズ一世に贈呈された甲冑だ。ちなみに、日本をはじめて訪れた英国人ジョン・セーリスの貿易船が運んだんだ」

「へぇ、今も大切にされているんですね」

たしかによく見ると、阿古陀形《あこだなり》と呼ばれるカボチャにも似た形の兜《かぶと》には、岩井与左衛門の銘が入っている。

英国にも多くの鎧兜《アーマー》が文化財として保護されているが、まったく趣の異なる日本の甲冑は英国の人たちの興味も引くらしい。多くの来館者が足を止めて、その堂々たる美に見入っている。

他にも、幕末の一八六〇年に、十四代将軍徳川家茂から、大英帝国を繁栄させたヴィクトリア女王に贈られたという、三保の松原や富士山が描かれた金屏風。さらには、ヴィクトリア女王の長男エドワード七世の戴冠を記念して、明治天皇から託された刀剣もあった。

屏風から工芸品に至るまで、さまざまな日本美術を見学しながら日英のつながりに想いを馳せていると、やがて一人の男性がスギモトに近づいてきた。

「お久しぶりです」

日本語で声をかけてきたのは、茶色い巻き髪に細い銀のフレームの眼鏡をかけた、スギモトとほぼ同世代に見える英国人らしき男性だった。晴香はスギモトから〝知人〟としか聞いていない。

「元気そうだね」

スギモトは彼を見るなり、手を差しだした。二人は握手を交わす。

男性は晴香の方に向き直ると、丁寧にお辞儀をした。

「はじめまして、スカイといいます」

「晴香です。日本語でありがとうございます」

「僕は日本美術が専門で、大学ではずっと日本学を専攻していましたからね。東京に五年ほど住んでいたこともあるんですよ。スギモトさんにはその頃から、本当にお世話になっていました」

スカイは完璧に敬語を操っている。

「スカイとはよく同じプロジェクトに参加していたんだ。お互いに声をかけあってね。彼の方は、今やロイヤル・コレクションの東洋美術を統括している」

「いえいえ、今の僕があるのは、スギモトさんのおかげです」

腰の低いスカイの態度に晴香は、いったい彼と接するのに、なぜそれほどまで躊躇していたのだろうと疑問を感じる。

並んで立っている二人を見ながら、よく似た雰囲気だとも思う。英国を拠点としながら日本にルーツを持つスギモトと、日本文化に精通しているスカイとでは、共通点も多いのだろう。とはいえスカイの方が物静かで、こちらを警戒しているような印象も受けた。

「展覧会はご覧に？」

「ああ、少しね。興味深かったよ」

「よかった。スギモトさんに見てほしかったんです」

そんなやりとりをしながら、スカイはクイーンズ・ギャラリー近くのカフェに案内してくれた。

席についてコーヒーを注文すると、旧友である二人はお互いの近況を訊ねあった。会話の区切りがついたところで、スギモトが切りだす。

「それで、今日は話があるんだ」

「そのようですね？」と、スカイは眼鏡を押し上げる。

「じつはルーヴル美術館で見つかった『ウィンザー手稿』の一部かもしれない《大洪水》の絵の調査について、ロイヤル・コレクションに協力してほしい」

スカイは小さく息を吸ったあと、目を細めてスギモトを見た。

「まさか、その件とは。スギモトさんも関わっていたんですね」

「ルーヴルの現館長とは以前から個人的に知り合いなんだ。それで、当初から調査に協力していたんだが、一筋縄ではいかなくてね。結論を出すのに手こずっているうちに、噂に先を越されてしまった。ロイヤル・コレクション側はずいぶんと強気の姿勢のようだが、ここは争わず、お互いに協力できないだろうか？　なぜあの素描がルーヴルの地下にあったのかを突き止めるために」

スギモトはスカイの目を見つめながら、真剣な口調で訴えたあと頭を下げた。

「……すみませんが、僕にはどうしようもありません」

スカイは目を伏せながら、そう答えた。

「なぜ？　君はロイヤルのスタッフだろ？」

「でも僕は、ダ・ヴィンチの手稿を扱ったこともなければ、担当の部署も違います。だから僕にできることはないんです。それに、申し訳ありませんが、たとえあなたに協力する手立てがあったとしても、今の僕は、そうしたいとは思いません」

スカイの口調は強く、その意思は簡単には揺るがなそうだった。

頭を下げたのに断られ、スギモトはショックを受けたらしい。黙っていたが、やがてテーブルの上にコーヒーの代金を置いた。

「わかったよ。邪魔して悪かったね」

そう言い残し、スギモトはその場を去っていく。晴香は慌ててスカイに挨拶をして、あとを追った。


クイーンズ・ギャラリーからの帰り道、晴香はスギモトに訊ねた。

「スカイさんのこと、私はじめて知りました」

「そうだったか？」と、スギモトはなに食わぬ顔で答える。

「あんなに共通点が多くて、付き合いの長い方だったら、たいてい私も知っていると思うんです。四六時中一緒にいるわけだから。それなのに、私もはじめて会ったってことは、スギモトさんにとっても大きな心残りのある相手なんじゃないですか？」

スギモトはこちらを見ずに聞いていたが、ため息を吐いたあと、「一杯飲むか」と言って通りかかったパブに入っていった。

まだ夕方にもなっていない時間帯とあって、パブの店内は空いていた。遅めのランチを食べている人もいたが、スギモトはビールを注文した。晴香はカフェラテにしておく。不安定なテーブルに向かいあって腰を下ろしてから、スギモトは切りだす。

「もともと俺のことを慕ってくれてたんだ。でもあることがきっかけで、お互いに連絡をとらなくなった」

「あること？」

「五年くらい前に大寒波が襲ってきて、ロンドンに大雪が降ったのを憶《おぼ》えてるか？　まだ大英博物館で働いていて、君とも今ほど接点がなかった頃だ」

「そういえば、そんなこともあったような……ロンドンは滅多に雪が降らないから、交通事故やら落雪やらで大変な被害になって、死人も出たんでしたっけ」

「そう。ロンドンのすべてが凍りついてしまった日に、スカイは愛犬を連れて散歩に出たんだ。あいつは子どもの頃から犬と一緒に育ったらしく、以前から大の犬好きだった。いつものようにスカイはボールを遠くに投げて犬を走らせて遊んでいた。でもちょっとしたミスでボールが公園の池の方に飛んでいったらしい。その日は池に氷が張っていた。犬がその上に走っていったとき、運悪く氷が割れた。犬は溺れて亡くなった。スカイは必死に助けようとしたが、息を吹き返さなかったんだ」

「そんな……辛かったですね」

「そうだな。スカイの落ち込み方はすごかったよ」

「でもどうして、そのことがスギモトさんと関係するんです？」

「まぁ、話はつづくんだ。スカイはそのあと、うつ状態になり、街中で犬を見かけるだけで動悸がするようになって、休職するまでに追い込まれた。研究も仕事も手につかなくなったんだよ。俺はスカイを励まそうと叱咤激励したが、そのやり方がまずかったらしい。まぁ、はっきり言って、デリカシーがなかったんだな」

「どう接したんですか」

「まず当時の俺は、犬が死んだくらいでまともな生活ができなくなるなんて、理解できなかったんだよ。大英博物館でトップのコンサバターになるっていう目標を掲げて、野心的に戦っていた時期だったからな」

「たしかに……出会った頃のスギモトさんって、もっとドライというか、他人の心に興味がなさそうな感じでしたよね」

スギモトは項垂れながらも、「まぁ、事実だな」と認めた。

「あと、スギモトさんって犬が苦手でしたよね」

ロンドンのカフェやレストランには大型犬を連れてくる人も多いが、スギモトが神経質そうに距離をとるのを見たことがあった。

「だって臭くて汚いだろ？　俺は英国育ちだが、家に土足で入りたくないし、衛生面に関しては日本人の価値観を持っている。犬に対しても、家族が亡くなったのと同じくらいにショックを受ける場合もあるってことが、よくわからなかったんだ」

「でも今になって、申し訳ないと感じてるんですね？」

「まぁな、責任を感じてるよ。俺はスカイを追いつめた」

災害のように突然襲ってくる不幸はあまりに残酷で、周りにはわからない傷つき方をする人もいる。そのことを、晴香はダ・ヴィンチの《大洪水》を扱いはじめてから、とくにヴィンチ村でのボランティア活動で実感していた。

同時に、スカイに共感できなかったことを悔いているスギモトが、出会った頃とはずいぶん変化していることにも驚かされる。いや、彼自身はもともと優しい面があったのに、晴香が気づいていなかったか、彼への見方が変わっただけかもしれない。

「時間が経った今、スカイさんも少しは心境が変わっているかもしれませんよ」

晴香が背中を押すように言うと、スギモトは肯いた。

「そう願うよ。俺もあのときは人間的に未熟で弱かったからな」

「今言ったことを、スカイさんにも素直に話してみたらいいんじゃないですか？」

しばらく考えてから、スギモトはビールを飲み干して言う。

「無理だ」

「どうしてですか！　ルイーズのため、《大洪水》のためでしょ？」

しかしスギモトはまだ迷っている様子だった。

＊

アンリはとつぜんの古い知人の訪問を受けた翌日、ルーヴル美術館での清掃の仕事を休んだ。長い勤務経験のなかで、当日に休みの連絡を入れたことはなかったので、対応した清掃会社の管理者からは体調を心配された。

アンリは朝食をとると、身なりを整えて家を出た。

向かったのは前職——彼が四十代はじめまでつづけていたカメラマンの仕事で、長いあいだ世話になっていたボスの妻の家だった。

ボスが亡くなったのは、アンリが四十二歳のときであり、その死をきっかけにカメラマンの仕事から足を洗った。

ライカＭ６をアンリに譲ってくれたのも、ボスだった。

久しぶりに手にするライカＭ６は、大きすぎず小さすぎず、重すぎず軽すぎず、ちょうど手に馴染んだ。金属部と革の部分がバランスよく、色褪せた赤いライカのマークがさりげなく気品をただよわせている。

はじめてボスから譲り受けたときは、ついに自分も本物のカメラを持てたのだ、と嬉しかった。それまでの人生で一番の贈り物だった。

扉を叩くと、事前に電話で知らせていたにもかかわらず、ボスの未亡人レベッカは、驚いたような表情でこちらを出迎えた。

「久しぶりね」

「ええ、急にすみません」

言葉少なにやりとりをしたあと、ダイニングルームに案内された。レベッカは夫が亡くなってしばらくしたあと、ここに引っ越した。アンリが訪れるのははじめてだった。棚にある食器の数は少なく、余白にはボスとうつった写真の他、飼い猫や、見知らぬ友人たちとの写真が飾られている。

テーブルの上にライカM6を置くと、レベッカはなつかしそうに目を細める。

「ありがとう。あの人は、あなたのことを可愛がっていたものね」

「ええ……本当に」

アンリは曖昧に頭を下げるしかない。

自分はなにも感謝されるべきではないからだ。

「それにしても、二十年なんてあっという間ね。あなたもすっかりおじいさんになっていて驚いたわ。私も再婚して、新しい人生をはじめるつもりだったけど、結局は変わりばえのしない日々を送ってる。今じゃ、いろんな病気も見つかって」

「そんな。あなたは十分若々しくて健康そうですよ」

レベッカは一瞬冷たい視線を送ってきたが、すぐにふっと笑みを漏らしたあと、立ちあがって別室に消えた。そして戻ってくると、ゴムで束ねた何十という封筒をテーブルの上に置く。

「私に話さなくちゃいけないことがあるんでしょう？」

それらはすべてアンリが匿名で、ここの住所に宛てて定期的に送っていた現金書留だったが、どれも手付かずだといい、封が開けられていないものもある。

「そう……今日はそのために、ここに来ました」

「でしょうね。今までどこにいたの？」

暗に、逃げていた自分を責められているようで、アンリは顔を上げられなかった。呼吸が苦しくなり、動悸が速まるのを必死に抑えながら、ゆっくりと息を吐く。そしてこう切りだす。

「……私は、許されないことをしました」

ふと、食器棚の片隅に置いてある、現役時代のボスの写真が目に入る。望遠カメラを両手で持っているボスは、真剣な表情で被写体を見つめている。

アンリは意識がゆっくりと昔に引き戻されるのを感じながら、こう語りはじめた。

「ボスは優れたカメラマンでした。誰よりも早く情報を手に入れて、決定的瞬間を逃さなかったから――」


なぜボスほどの腕前の持ち主が、報道スクープ専門のカメラマン、通称パパラッチになったのか、私は長いあいだ不思議でなりませんでした。他のパパラッチたちは軽犯罪者上がりの、写真の技術に乏しいろくでなしばかりでした。

もともと写真家志望だった私は、新聞の求人広告からボスとコンビを組んで働きはじめましたが、面倒見がよく学ぶことも多いボスのことを、心から尊敬していました。だから彼を〝ボス〟と呼び、ボスに尽くすことで、いずれは二人でパパラッチを辞めて普通の写真家としてスタジオを構えたいとさえ思っていたほどです。

そんな折、忘れもしない一九九七年八月末日の夜、ボスから電話を受けとりました。

――今夜、バイクを出せるか？

その頃、ボスは自ら改造した無線受信機を使って、事故や暴行事件の現場に真っ先に駆けつけるという手法をとっていました。だから私は訊ねました。

——出せます。事件ですか？

——いや、今夜はセレブをねらう。

ボスの情報によると、そのセレブはお忍びでパリに滞在しており、いい写真を撮影すれば普段よりも何倍も高い報酬を得られ、あわよくば一枚何万フランという大金で買いとってもらえるといいます。街中のパパラッチがこぞってその人物を追いかけ、一攫千金《いっかくせんきん》をねらっているとボスは言いました。

私が運転するバイクに乗って、ボスがうしろから撮影することになりました。

真っ先に向かったリッツ・パリの裏通りで、そのセレブがひそかにメルセデスの黒いセダンに乗りこむところに出くわしたのは、願ってもいない幸運としか言いようがありませんでした。

——追うんだ！

ボスに指示されるまま、私は夢中で黒いセダンを追いかけました。

あの夜は、周囲にいるパパラッチも含めて、全員がなにかに憑りつかれたように、狂気的な行動をとっていました。私もまた、必死で黒いセダンを追いかけました。ただ被写体に接近し、決定的瞬間を撮影することだけを考えて。

しかし、黒いセダンは猛スピードで夜道を走り、右へ左へと寄ってこちらを威嚇《いかく》してきます。

ちょうどセーヌ川沿いのアルマ橋の近くにさしかかったところで、私たちはバランスを崩しかけました。セダンを逃してしまった。舌打ちをしながら、遠ざかるセダンを目で追います。他のカメラマンたちも遅れをとっていました。

——逃げられるぞ！

うしろに乗ってカメラを構えていたボスが、苛立ったように叫んだ瞬間、少し先でものすごい衝撃音が聞こえました。

なにかが爆発したのかと思いました。

近づくと、黒いセダンが中央分離帯に正面から激突して、煙を出していました。

とんでもないことになった——。

一瞬、私の頭は真っ白になりました。が、ボスは真っ先にバイクを降りて、車へと駆け寄っていきます。

——早く救急車を呼ぶんだ。

——は、はいっ。どこで電話を借りましょう。

ボスの返事がないのでふり返ったら、彼は急に黙りこんで立ち止まり、足元のなにかを拾いあげました。

——大丈夫ですか！

私はバイクを停める手を止めて、彼のことを見つめました。

どうやら、そのなにかは車が大破した衝撃で、車内から道路に投げ出されたようです。シヨルダーベルトのついた年季の入った革のケースでした。落下したときに蓋が開いて、中身がはみ出しています。

ボスが手にした紙のようなものの正体を、すぐに理解することはできませんでした。お金にしては大きすぎます。契約書か、手紙か、なにか重要な書類か。でも違いました。それは一枚の絵だったのです。

ボスは取りあげた絵を、しばらく眺めていました。

奇妙で非現実的な時間でした。事故被害者の生死がかかった一刻を争う緊急事態にもかかわらず、私とボス、そして絵のあいだだけが沈黙し、時間の流れが止まったかのようだったのです。なんというか、浮世離れした優美なひとときでもありました。

——ボス！

私が叫ぶと、ボスはわれに返ったかのように、こちらを向きました。

いつの間にか私たち以外にもパパラッチの数は増えて、人だかりができています。それはなんだ？　と、周囲の数名から声をかけられるのを無視して、ボスは私の方に駆け寄り、バイクにまたがると発車するように言いました。絵は、革のケースと一緒にボスの腕のなかにあります。

私は言われるままに、ボスを乗せて現場から走り去りました。何台ものパトカーとすれ違い、何度も止められそうになりながら、私たちは逃げおおせました。

一度だけふり返ったとき、人が集まった橋の下がフラッシュの光で異様に明るく点滅していたのを憶えています。


話の区切りで顔を上げると、ボスの妻レベッカが、不安げな顔でこちらを見ていた。

「どういうこと？　どうして急に、そんな話を？」

「……すべてはあの夜からはじまったからです」

レベッカは落ち着かない様子で立ちあがると、少し離れたところからアンリを見下ろしてきた。アンリは視線に耐え切れず、こう呟く。

「やはりボスは、あなたにも話していなかったんですね」

つぎの瞬間、レベッカはアンリをめちゃくちゃに叩いてくる。

「あなたも私に黙っていた！」

未亡人の殴打はやがて弱くなり、その場に崩れる。アンリは呼吸を整えてから「問題はそのあとでした――」と話をつづけた。

私のアパルトマンに到着した頃、日は昇りはじめていました。

明るくなった部屋で、ボスは拾った〝なにか〟を机にそっと広げました。

それは見たこともない、魅惑的な素描でした。

いつの時代の誰の作品なのか、そんなことは気になりませんでした。ただ、作品そのものの放つオーラに圧倒されました。

波の動きをカメラで切りとった白黒写真のようでありながら、泡や気流のように、絶えず見え方が変わるんです。まるで映像が立ち現れているようでした。自分たちと同じ人間が描いたものとは思えなかった。

美しい――。

その言葉の本当の意味を、私は恥ずかしながら、生まれてはじめて知ったのです。

そんな私の傍らで、ボスもまた黙ったまま、じっと素描を見つめていました。ボスがなにを考えて、どんな心境だったのか、私にはわかりません。しかしボスの表情は、見たことがないくらい恍惚としていました。素描以外のなにも目に入っていない。そんな印象さえ受けました。

私たちが事故現場に居合わせ、紙の素描の入った革のケースを持ちだしたことを知っているのは、ボス本人と私だけ——のはずでした。しかし一人、また一人と、ハイエナのように情報をどこかから知った他のパパラッチに追及されるようになりました。

——おまえも現場にいたんだろ？

——警察に通報するぞ。

さまざまな脅しを受けて、私もボスに助言しました。

——拾ったものを正直に、警察に届け出た方がいいですよ。きっといずれ、警察もここに来ます。レベッカも心配しているでしょう。

とはいえ、警察は来ませんでした。事故のあと、さまざまな調査が行なわれて、事故が起こった原因はパパラッチ側ではなく、黒いセダンの運転手側の飲酒にあったと結論づけられたことも、私たちに有利に働いたのでしょう。

しかしボスはその夜以来、人が変わったように疑心暗鬼になりました。ええ、その頃のことは、あなたも知るところだと思います。ほとんど出歩かず、家に閉じこもって素描を守るようになったからです。私が訪ねていくと、ボスはこう訴えました。

——誰かに監視されている。

——そんなわけありませんから。少し外に出て、散歩でもしたらどうです？

——無理だ、尾行されるに決まってるだろ。

——なぜわかるんです？

——感じるからだよ、あいつらの視線を。きっとあれを奪いにきたんだ。俺が見つけた宝を！

今ふり返ってみても、ボスは精神を病んでしまったとしか思えません。それからも私はボスを案じ、くり返し見舞いに訪れるようにしましたが、逆効果でした。やがてボスは、私に疑いの目を向けるようになったからです。

あの日、ボスの家にあなたはおらず、私と二人きりでした。ボスは一目見たときから、様子がおかしかったんです。

——どうしてうちに来た？

——どうしてって、あなたのことが心配だからです。

しかし私の言葉は、ボスの心には一切響いていなかった。

——俺はこの宝をいずれ転売して、世界一の金持ちになる。今までなにひとつうまくいかなかった人生への褒美だ。俺の写真を芸術として認めようとせず、いいように利用してくるやつらへ復讐するときが来たんだよ！

私は怖くなり、なにを言っているのかわからないと答えました。

するとボスは目の色を変えて、私のことを睨みつけ、脅すような口調になりました。

——そうだ、おまえだって見下していたんだろう？　犯罪まがいのことに手を染め、他人を死に至らしめるような仕事をしている俺のことを、利用するだけ利用して、いずれ蹴落とすつもりでいた。そうに決まっている。やっとわかったぞ、おまえがバラしたんだ、俺を裏切ったんだろう？

部屋を出ていこうとすると、ボスに腕を引っ張られました。

——そうはさせない、あれは俺のものだ！　いっそ、俺はあれと一緒に死んでやる。おまえに奪われる前にな！

ボスは激高し、私に摑みかかってきました。


話をつづけることができず、アンリは胸の辺りを押さえた。

目の前にいるレベッカに真実を打ち明けることも、あのときのことを鮮明に思い出すことも、アンリにとっては相当な勇気を要した。

「それで？」

レベッカはどこか腹を括《くく》ったように呟いた。「たしかにあのとき、あの人は別人のようだった。あなたはあの人に、なにをしたの？」

あのときに時間を巻き戻せたら、自分はどうするだろう――。

アンリは必死に泣くのをこらえ、自問自答しながら、つぎの言葉を探した。

＊

晴香とスギモトがふたたびバッキンガム宮殿のクイーンズ・ギャラリーを訪れたのは、スカイが来場者に向けたギャラリーツアーを終えた十四時頃だった。ツアーに参加していた来場者と別れの挨拶を交わしていたスカイは、少し離れた入口にスギモトが立っているのを認めると、笑顔を消して肩をすくめた。

「また来たんですね、僕の答えは変わらないのに」

スカイはそう言いながらも、前回と同じく近くのカフェで時間をとってくれた。

向かい合って腰を下ろすと、スギモトはこう切りだした。

「じつはレオナルドの《大洪水》は、俺にとって個人的な思い入れのある作品でね」

晴香にとっても初耳の話なので、少し驚きながら、傍らでスギモトのことを見守る。スカイもまた、いつもとはどこか違う真剣なスギモトの態度に、ただならぬ空気を察しているようだった。

「十四、五歳のときに、ロイヤル・コレクションの展覧会で《大洪水》をはじめてこの目で見たとき、驚かされたよ。図録や教科書で得た知識では、万物の天才ですべて完璧にこなせる偉人というイメージしかなかったからね」

スギモトは目を閉じて、過去をふり返るようにつづける。

「でも実際は、違うんじゃないかと思った。私生児として母親と物心つく頃に生き別れたレオナルドは、子どもの頃の孤独や悲しみと、老いてもなお戦いつづけていたんじゃないかという気がした。それでも彼は感情に負けず、理性的に考えつづける人生を選んだ。自分で選んだ道を生きようという彼の強い意志が、あの素描からは感じられたんだよ」

そこまで話すと、スギモトがこの日も頭を下げたので、晴香は驚く。

スカイもまた黙っているが、目は見開かれていた。

「君に謝りたい」

「いや……前にも言ったけど、今更もういいんです」

「でも君の気持ちを踏みにじった。俺もまた、早くに母が亡くなっているから、大切な存在を失ってしまう悲しみも、自分のせいかもしれないと責めずにいられない苦しさも、よくわかる。それでも前を向いて生きていくしかない」

スギモトは遠くに視線をやった。

「ダ・ヴィンチの作品を見ていると、とくにそう感じる。自分はなにかが欠落しているという感覚や孤独とともに生きてきたのに、信仰にのめり込むことも権力者を責めることもなく、ただ世界の事実から目を逸らさず前に進みつづけた。誰のせいにもしないのは、じつはとても難しいことだ」

母を亡くしたあと、スギモトは長らく父と不仲だったことを、晴香は思い出す。彼はレオナルドからも学びを得て、物事への見方——とくに悲しい出来事の受け止め方を変えたのかもしれない。

スギモトの変化は晴香にだけでなく、スカイにも十分伝わったらしい。スカイは目をつむって深呼吸をしたあと、こう呟いた。

「なにかを得ることよりも、手放すことの方がよっぽど難しい」

意味の深い一言だった。

コーヒーを一口飲んでから、スカイはこうつづける。

「あれから僕の方でも、じつはスギモトさんに言われたことが気になって、《大洪水》について、できる範囲で調べてみました」

「本当に？」と、スギモトは顔を上げる。

「ええ。『ウィンザー手稿』を英国にもたらしたチャールズ一世は、ご存じの通り英国史上唯一処刑された王ですが、処刑台にのぼった土壇場で『ウィンザー手稿』を道連れにしたいと主張したという逸話が残っているようですね。公的な発言としては記録されていないので真偽のほどはわかりませんが……でも少なくとも言えるのは、それほどにダ・ヴィンチの手稿、とくにあらゆるものが破滅する様子を表現した《大洪水》は、人の心を惑わせるのかもしれません」

スギモトは肯いて、スカイの目を見ながら答える。

「チャールズ一世にとって、自分の命と同じくらい手放すのが難しかったのは、あの《大洪水》だったとはな」

「そうですね。彼は〝自分の王位は、死後に不滅の王冠へと変わる〟と言い遺したほどですから、おそらく死ぬこと以上に、あのドローイングが別の者の手に渡ることの方が怖かったのでしょう」

「手放すことの難しさ、か」

スカイはほほ笑み、しばらく沈黙が流れた。

「せっかくなので僕も、《大洪水》についての私見を述べても？」

「もちろん」と、スギモトは答える。

「僕も、スギモトさんと同様、じつは以前から特別な魅力を感じていました。最初に惹かれた理由は、なんといっても、僕が若い頃に感銘を受けた日本美術、葛飾北斎の《神奈川沖浪《おきなみ》裏《うら》》の波の描写に通ずる秀逸さがあったからです。あの作品は、お二人にとってもお馴染みですよね？」

スカイは晴香に向かって言い、晴香は肯いた。

「ええ、大英博物館にも所蔵されていたので」

「北斎の革新性を挙げればキリがないけれど、《神奈川沖浪裏》で実現されている波の一瞬の迫真性は、レオナルド・ダ・ヴィンチの《大洪水》と多くの共通点がある。美術の才能に国籍や人種は関係ないんだって思い知らされます」

「その通りですね」

それは英国と日本を股にかけるスカイだからこその言葉であり、晴香も大いに共感できるところだった。

「でも、それだけじゃない。《大洪水》の一番の魅力——今こそ世の中に広く知られるべき理由は、別のところにあります」

「というと？」

スギモトが眉を上げた。

「レオナルドは現代の異常気象を見据えて、この作品を描いたんじゃないかと思えてならないのです。今僕はウィンザーという、ロンドンよりも自然の多い町で生活していて、そのことを実感します。異常気象のせいで、僕は大切な飼い犬を失ったから、とくにそう思うのかもしれません。人は自然から切り離されては生きていけない一方で、自然破壊を誰も止められない。無常ですよね」

スカイが視線を投げた窓の外では、緑豊かな木々が生育する公園が広がっているが、よく見るとビニール袋のゴミが芝生の上で風に舞っていた。

「でも今ここで嘆いても仕方ありませんね。現状、僕にできる一番の対応は、《大洪水》の調査に協力することなのでしょう」

スカイはスギモトの方に向き直り、何度か肯いた。

「協力してくれるんだね？」

「僕にできることは、まずコレクションの内部情報を提供するくらいですが。ロイヤル・コレクションのすべての作品は、一般的な美術館の収蔵品と同様に、来歴や状態が正確に登録されているものの、例外もあります。それは最高位の権限を持つ者によって、個人的な目的で動かされた場合です」

「それは、つまり……王や女王ということだね？」

スギモトの問いかけに、スカイは肯いた。

「どうして？　たしかにダイアナ元妃はパリで亡くなっていますが……まさか、本当に？」

「俺にもわからない。ただ、コレクションを動かす絶対的権限を持つのは、王か女王しかいない。女王がダイアナ元妃に贈ったと考えれば辻褄が合う。どうして贈ったのか、それはもはや知りようもないが――」

スギモトは早くも、明朝のパリ行きの飛行機のチケットを予約していた。

＊

自分の身になにが起こったのか、理解するのに時間がかかりました。

目の前には意識を失っているボスの姿がありました。

それまで私はボスに殴りかかられ、身を守ろうとしてもみ合いになっていました。ボスが倒れ込んでいる背後のテーブルを見て、ボスは私が突き飛ばした拍子に、テーブルの角で頭部を打ったのだとわかりました。

今からふり返れば、あのとき私は真っ先に救急車を呼んで、ボスを病院に連れていくべきでした。でも、私はどうかしていたんです。

今しかない――。

私の頭を支配した考えは、ボスはどこにあの絵を隠したのだろう、という一点でした。引き出しや鞄を漁りましたが、どこにもありません。私はボスの立場になって、自分なら宝物をどこに隠すかと想像しました。

ふと、ベッドの下にあるトランクが目に入りました。本来撮影や現像に使用する機材が詰まったトランクですが、中身はすべて外に出されています。パパラッチの仕事ではほとんど使わないそれらの機材を、いずれカメラマンとして地に足のついた活動をはじめたときに、ボスは使うつもりでいたのでしょう。

私は震える手で、トランクを摑んで開きました。なかに例の革のケースが入っているのを見たとき、私の心は決まりました。

私はケースを抱いて一目散に部屋を出て、家に逃げ帰りました。

これでいいのだ、あのままボスの部屋にあったらいずれ自暴自棄になって、世にも美しい素描を燃やしていたかもしれない。私は自分に言い聞かせました。自分はボスからあの絵を守ったのだ、と。でもいくら考えても、自己弁明でしかありませんね。

そうです。

私も欲しくてたまらなかったのです。

一目見たときから、私はあの絵を自分のものにしたかった。

ほんの少し違う行動をとっていれば——私の方が先にバイクを降りていれば、本来私のものになるはずだったあの絵を。

一人暮らしをしているアパルトマンに帰ってから、私は食事もとらず眠りもせず、ただ素描を見ていました。見れば見るほど美しいものが、今自分だけの手中にあり、破ろうが焼こうが意のままであることが信じられず鳥肌が立ちました。

翌日あなたから連絡があって、ボスが亡くなったと知らされました。自宅の窓から飛び降りた、と。

——あの人、最近なにがあったの？

あなたに訊ねられ、私はわかりませんと答えるしかありませんでした。

不思議なことに、私があの部屋にいたことも、ボスが事故現場から盗んだあの絵を持ち去ったことも、誰からも疑われませんでした。

それから私はパパラッチの仕事から足を洗い、数ヵ月家にこもって過ごしました。ボスがよみがえって、あの絵をとり返しにくる悪夢をくり返し見ました。周囲の友人たちは、尊敬するボスが亡くなったショックで落ち込んでいるのだろうと思ったようです。

手元に残ったのは、あの絵だけでした。

はじめのうちは、ずっと見ていても見飽きない幸運の宝物だったのに、時間が経つと、罪悪感が呪いのように重くのしかかってきました。怖くて誰かに相談することもできず、ただ手元に置いておくことしかできなかったのです。

それ以来、ずっとあの作品の奴隷として生きてきました。目を逸らそうとしても、私の心は魅入られていたからです。ボスが言ったように、この絵を道連れにして死ぬしか選択肢はないのかもしれないと考える日もありました。

しかし、とある疑問が私の運命を変えました。この絵には作者がいるはずだ。誰がいつ、なぜ描いたものなのだろう——。

学のない私は調べる術《すべ》がわからず、思いつきでルーヴル美術館に向かいました。ルーヴル美術館に行ったところでどうしようもないのに、当時の私は美術館に行けば答えが見つかると勘違いしたのです。死ぬ前に一度ちゃんと外出しておきたい、という動機もありました。

パリに生まれ育っていながら、ルーヴル美術館に行った経験はほとんどありませんでした。金持ちや観光客のための格式の高い場所というイメージしかなかったからです。自ら進んで足を運ぶのははじめてでした。

無論、美術館に行っても、例の素描に似たものは見つからず、なにもわかりませんでしたが、代わりに私は美術館のことを誤解していたと知りました。

館内の数えきれない展示品は、人の寿命よりも遥かに長いスパンで存在しています。自分はなんとちっぽけなのだろう。同時に、励まされもしました。生きることは辛いが、辛いのは自分が最初でも一人だけでもない。なぜなら、さまざまな作品で人の苦悩が表現され、それらを生みだす芸術家たちの戦いも伝わったからです。すべては歴史というひとうねりの一部に過ぎず、どこかでつながっていると知りました。

今こうして生き延びているのは、あのとき美術館を訪れたからだと思います。見た目だけではない美術品の奥深さに触れるたびに、私はもう少し生きてみたいという気分になりました。やがて館内の掲示から清掃員のアルバイトに応募しました。

それでも、素描やボスのことは片時も頭から離れませんでした。

あの素描をどうするのか――。

その問いはずっと私に付きまといました。

そんな折、長らく英国の図書館で行方不明になっていた重要資料が、無記名の封筒に入れられた状態で、そっと廊下に置かれて返ってきた、という記事を目にしました。そこで、あの素描を美術館に匿名で預けてはどうだろう、と私は閃いたのです。

もちろん、相当な決心が必要でした。清掃員のことを気にかける人は少ないとはいえ、私が預けたことを見抜かれれば、いよいよ罪に問われるリスクがあります。それに、強欲な自分に例の素描を手放すなんてできる気がしませんでした。

でも清掃員として働く体力も年々失われ、考えも少しずつ変わりました。なによりも避けたいのは、この絵を隠したまま死ぬこと。つぎにこの絵が誰のものになるのか、最後まで見届けなければ気が済まない。

そう結論づけた私は、綿密な計画を練って証拠を残さないように細心の注意を払い、誰もいない収蔵庫近くの廊下にあの素描を置いて帰ることにしました。

計画を成功させた日のことは、今も鮮明に憶えています。肩にのしかかる重圧が消えた一方で、もう自分にはなにもないのだという虚《むな》しさに襲われました。今度こそ、早く誰かが私のしたことに気がつかないだろうか。話を聞いてくれないだろうか。

心の底ではそう願っているのに、私は今日ここに来るまでずっと誰かに打ち明ける勇気がなかったのです——。

聞き手であるレベッカは、途中から両手で顔を覆って泣きはじめ、アンリの話が聞こえているのかどうかもわからなかった。

それでも、アンリは話しつづけた。話し終えたあと、顔を上げずに泣いているレベッカの肩に触れたが、すぐに振り払われた。アンリはしばらく立ち尽くしていたが、もう自分はここにいるべきではないと悟り、部屋を出ていく。

路地裏を歩きはじめたとき、携帯電話が鳴った。普段かかってくるのはアルバイト関係の連絡なのに、知らない番号からだった。

応答すると、聞き慣れない男性の声が、外国人のフランス語でこう訊ねた。

「アンリさんですね？」

「……はい」

「以前一度だけお話を聞いた、スギモトといいます。あなたが発見した素描の調査に協力していたコンサバターです」

ああ、やっと辿りついてくれたのか。

アンリが天を仰ぐと、真っ青な秋の空が広がっていた。何十年ぶりに空を見た気分だった。

エピローグ

「ルーヴル美術館の地下収蔵庫から見つかったレオナルド・ダ・ヴィンチの素描が本日、英国ロイヤル・コレクションに返却されました。素描の所蔵先を巡り、両者は以前から協議を進めていましたが、ルーヴル美術館がその所有権を断念することで合意しました。同館には膨大な数に及ぶコレクションの管理状況に疑問の声が上がっており、現館長は辞任。フランス政府はより慎重な作品ケアを徹底していく意向を示しています――」

フランスのテレビ局によるニュース映像をネットで見つけた晴香は、最後まで視聴せずに画面を閉じた。

ふり返ると、スギモトがソファで読書にふけっている。

しばらくダ・ヴィンチの調査に明け暮れた影響からか、最近スギモトはマキャヴェリの著作を読みあさっており、今は『フィレンツェ史』の下巻に夢中になっている。イタリア・ルネサンス熱が高じて、つぎはフィレンツェへとつぜん消えたりして――。

「なにを笑ってるんだ？」

「えっ、笑ってました？」

「ニヤニヤしながらこっちを見てたよ。気味が悪い」

相変わらず失礼な言い方だ、と口をへの字に曲げてから、晴香は報告する。

「ルイーズさんが辞任したって記事を見つけました」

「ああ」

「ああって、知ってたんですか？」

「もちろん」

「私にも教えてくださいよ！」

スギモトは本から顔を上げると、「言ってなかったか？」と、相変わらず、とぼけた調子で訊ねる。

「でもあの素描が、無事にロイヤル・コレクションに戻ってよかったです。ただでさえダ・ヴィンチの手稿は世界中に散らばっているんだから、これで正しかったのかもしれませんね」

「ルイーズもそのことを理解したうえで、まとめて責任をとることを決断したんだろう。つくづく肝の据わった人間だと見直したよ。しかも今は、早速つぎの仕事の準備で忙しいようだしな」

「つぎの仕事って？　もう決まってるんですか？」

晴香は驚いて訊ねる。

「彼女は転んでもただじゃ起きない。といっても、まだオフレコらしく俺も詳しくは知らないんだけどな。きっと立派なポジションに就任するんだろう。なんせルーヴルの館長まで上り詰めたんだから、はっきり言って怖いものなしさ」

「よかったです、安心しました」

晴香は明るい気持ちになり、館長室でのテキパキとした彼女の振る舞いを思い出した。

「とはいえ、この件で一番痛い目に遭ったのはキュレーターのルカかもしれないな。彼はあのあと同館の作品を違法に横流ししようとした疑いで解任されたらしい。以前から複数の画廊で借金して首が回らなくなっていたそうだ」

「えっ、それは気の毒というか、でも身から出た錆《さび》というか……これからどうするんでしょう」

「よかったんじゃないか？　彼はキュレーターより画商に向いてると思うよ。相手を油断させてカモにしたり、贋作を掴ませたり、はたまた彼の探す真作をねらったり、ルカなら喜んでやるだろう。いずれも公的機関でやればアウトだが、個人のディーラーとしてなら逃げおおせる場合もある」

たしかにルカほどの情熱があり、アート市場に詳しければ十分プレーヤーとして戦っていけそうだ。またどこかで出会うことになるかもしれない。

それにしても、と晴香はもう一人、この件で強く印象に残っている人物について思いを馳せる。

「まさか、清掃員のアンリさんが仕組んだ計画とは思いませんでしたね」

「本当だな。人は見かけや職業によらない」

「ただの善良な方に見えて、あんな過去があるなんて……でもスギモトさんが会いにいったとき、穏やかな表情をなさっていたのが印象的でした。本人もずっと苦しかったのかもしれませんね。秘密を抱えることが」

「それに、あんなに重いものを隠してたんだ」

スギモトの発言に、晴香は「重いって？」と問う。

「レオナルド・ダ・ヴィンチの手稿だぞ？　これ以上に重たい紙切れはない」

「たしかに……でもなにもわからないまま廃棄されずに済んで、本当によかったですね」

晴香は椅子の背もたれに身を投げ出して伸びをした。外の空気が吸いたくなる。「よかったら、公園を散歩しませんか？」

十一月のロンドンは秋を通り越して冬の寒さだった。日中晴れていても冷たい風が吹き、道路に落ちた枯葉を揺らす。

「去年の今頃のことを思うと、あっという間の一年でしたね。まさかパリにあんなに長く滞在するなんて思いませんでした」

「収穫もあっただろ？」と、スギモトは肯きながら訊ねる。

「そうですね。ルーヴル美術館の内側にも身を置けましたね。あと、レオナルド・ダ・ヴィンチのことはそれなりに知っていると思っていたけど、イメージしていた以上にミステリアスで、神々しいのに人間臭い存在だというのもわかりましたね」

「それは同感だ」

「あとは、今回なんと言っても、《大洪水》という一点の作品を、あらゆる角度から分析できたのは貴重な経験でした。単に修復の面だけじゃなく、市場価値とか、来歴とか、指紋や血痕といった科学調査とか、レオナルドの人生とか……いろんな面からアプローチできて楽しかったです。スギモトさんは？」

二人は並んで歩きながら、公園の敷地内へとつづく道を歩く。

「俺は、フランス王室と英国王室の因縁を感じたよ。レオナルドは双方に縁があって、とくに《大洪水》は、チャールズ一世が英国に持ち帰ったという点でも、両方の王室に絡んでいる。今回それがフランスの宮殿だったルーヴル美術館で発見されたのは、なにかの宿命だったのかもしれないな」

「なるほど」

強い風が吹いて、晴香はマフラーをフラットに忘れたことを後悔する。

そのとき、スギモトが使っていた紺色のマフラーを外して、黙って晴香に差しだした。

「えっ……いいんですか？」

「ああ。暑くなってきたからな」

「でも鼻が赤くなってますよ」

「気のせいだ」

晴香は口には出さないが、ひそかに自分たち二人の関係も変化しているように感じていた。

パリで再会したときは、スギモトへの不信感は今までにないくらい大きく膨らみきっていたが、ヴィンチ村で彼を尊敬し直したり、さまざまな局面で彼を頼りにしたりして、晴香はスギモトとの二人三脚での仕事にこれ以上ないやりがいを感じていた。それは仕事にとどまらず日常生活でも同様だった。

広々とした芝生に挟まれた道を歩いていると、水鳥が泳ぐ池の辺りで、ウェディングの撮影会が行なわれていた。白いドレスに身を包んで笑顔をふりまく花嫁は、冬の気温にもかかわらず、まったく寒そうには見えない。

「ご苦労なことだな」

いつものように軽口を叩くスギモトに、晴香は何気なく答える。

「いいじゃないですか。私たちもやってみます？」

本当に何気ない返しだったのに、スギモトからの返事がない。彼の方を向くと、顔が赤くなっている。ちょっと待ってくれ。こっちまで恥ずかしくなる。

「なにを真に受けてるんですか、冗談ですよ、冗談！」

「……とてもそうは思えなかったが」

どんな顔をすればいいのかわからず、晴香は速足で先を急ぐことにした。

〈参考文献〉

LEONARDO DA VINCI: A life in drawing, Martin Clayton, Royal Collection Trust
LEONARDO DA VINCI: A closer look, Alan Donnithorne, Royal Collection Trust
岩波文庫『レオナルド・ダ・ヴィンチの手記』上・下　杉浦明平訳
白水社『ルネサンス画人伝』ジョルジョ・ヴァザーリ著、平川祐弘、小谷年司、田中英道訳
河出書房新社『レオナルド・ダ・ヴィンチの秘密　天才の挫折と輝き』コスタンティーノ・ドラッツィオ著、上野真弓訳
文藝春秋『レオナルド・ダ・ヴィンチ』上・下　ウォルター・アイザックソン著、土方奈美訳
小学館『西洋絵画の巨匠⑧　レオナルド・ダ・ヴィンチ』池上英洋
草思社『美しき姫君　発見されたダ・ヴィンチの真作』マーティン・ケンプ、パスカル・コット著、楡井浩一訳
集英社インターナショナル『最後のダ・ヴィンチの真実』ベン・ルイス著、上杉隼人訳
中央公論美術出版『レオナルドの手稿、素描・素画に関する基礎的研究』研究篇・資料篇　裾分一弘
中央公論美術出版『レオナルドに会う日』裾分一弘

また、本作の取材においては、松丸美都さんに多大なお力添えをいただきました。この場を借りて、感謝申し上げます。

この作品は書き下ろしです。

幻冬舎文庫

●最新刊
あなたと食べたフィナンシェ
加藤千恵

恋、仕事、親との別れ――人生の忘れられない場面には、必ず食べものの記憶があった。読めば切なく心が抱きしめられる珠玉のショートストーリー＋短歌集。

●最新刊
ファズイーター
組織犯罪対策課 八神瑛子
深町秋生

幹部の失踪などが続き、混乱する指定暴力団・印旛会。警視庁の八神は突然荒稼ぎを始めた傘下の千波組の関与を疑い、裏社会から情報を得て真相に近づく。だが彼女自身が何者かに襲われ……。

●最新刊
鬼才
伝説の編集人 齋藤十一
森 功

事件背後の「女、カネ、権力」を嗅ぎ分け、数多のスクープ記事やベストセラー小説を仕掛けた「新潮社の天皇」齋藤十一の仕事と、日本の雑誌ジャーナリズムの変遷を描いた傑作ノンフィクション。

●最新刊
叫び
矢口敦子

オンライン塾の講師・能見が姿を消した。社長の日渡と副社長の上谷は捜索に動く。そして能見の実家で見つかる二つの死体。これは一体、誰なのか？　切ない叫びが胸に響くミステリー。

●好評既刊
女盛りはハラハラ盛り
内館牧子

22年間にわたって連載した、大人気エッセイシリーズの最終巻！　ストレスを抱えながらも懸命に生きる人たちへ。痛烈にして軽妙な本音の言葉に勇気づけられる、珠玉のエッセイ集。

幻冬舎文庫

●好評既刊

なんちゃってホットサンド

小川 糸

毎朝愛犬のゆりねとお散歩をして、家では梅干しを漬けたり、石鹸を作ったり。土鍋の修復も兼ねてお粥を炊いて、床を重曹で磨く。夕方には銭湯へ。今日という一日を丁寧に楽しく生きるのだ。

●好評既刊

パリのキッチンで四角いバゲットを焼きながら

中島たい子

毛玉のついたセーターでもおしゃれで、週に一度の掃除でも居心地のいい部屋、手間をかけないのに美味しい料理……。パリのキッチンでフランス人の叔母と過ごして気づいたこと。

●好評既刊

世界でいちばん私がカワイイ

ブリアナ・ギガンテ

謎に包まれた経歴と存在感で人気のYouTuberの、恋やオシャレや人生の話。彼女の言葉に、みんなが心を奪われ、救われるのはなぜ？　迷える現代人に「ちゃんとここにある幸せ」を伝える一冊。

●好評既刊

子のない夫婦とネコ

群ようこ

子宝に恵まれなかった夫婦とネコたちの、幸せな日々と別れ。男やもめと拾ったイヌとの暮らし。ネコを五匹引き取った母に振り回される娘。ほか、「老いとペット」を明るく描く連作小説。

●好評既刊

ミトンとふびん

吉本ばなな

「新しい朝。私はここから歩いていくんだ」。金沢、台北、ヘルシンキ、ローマ、八丈島。いつもと違う街角で、悲しみが小さな幸せに変わるまでを描く極上の6編。第58回谷崎潤一郎賞受賞作。

ダ・ヴィンチの遺骨《いこつ》

コンサバターV

一色《いっしき》さゆり

令和6年3月10日　初版発行

発行人――石原正康
編集人――高部真人
発行所――株式会社幻冬舎
〒151-0051東京都渋谷区千駄ヶ谷4-9-7
電話　03(5411)6222(営業)
　　　03(5411)6211(編集)
公式HP　https://www.gentosha.co.jp/
印刷・製本―中央精版印刷株式会社
装丁者――高橋雅之

幻冬舎文庫

ISBN978-4-344-43364-9　C0193　い-64-6

この本に関するご意見・ご感想は、下記アンケートフォームからお寄せください。
https://www.gentosha.co.jp/e/